CB137164

Márcia Batista

PROCURANDO ASSOMBRAÇÃO e outras histórias

Recontos livres da literatura oral brasileira

Ilustração
Álvaro Apocalypse

5ª edição
Conforme a nova ortografia

Formato

À memória de Jayme Baptista,
pai, mestre, desbravador de estradas e das letras,
com gratidão e imensa saudade.

PROCURANDO ASSOMBRAÇÃO E OUTRAS HISTÓRIAS

Não lembro quando, nem quem me contou, mas o que ouvi, conto agora pra você que me escuta ou lê, sentado em roda ou cada um no canto seu.

Pode ser uma anedota (ah, sabe aquela do papagaio?...); um "causo" (... eu então puxei a vara com toda a força que tinha e quase caí pra trás com o baita do peixe que saiu da água e que era maior...) ou histórias, como estas que aqui estão, reunidas em um livro para você conhecer, comentar e recontar.

Para realizar este trabalho, li muitos e variados textos ou "registros" feitos por pesquisadores e estudiosos do assunto que saíram "escutando" as histórias por este Brasil afora para depois estudá-las, escrevê-las e publicá-las. Assim, selecionei algumas que me pareceram mais interessantes pela temática, pela diversidade das regiões onde foram ouvidas e pela origem étnica, representativas da nossa formação cultural, ou seja, do índio, do europeu, do negro. Mas, como eu também faço parte desta "cadeia" de contadores, acrescentei, adaptei (a linguagem, os costumes...) e reconto agora para você.

Esta é uma das principais, se não for a maior, características da **literatura oral** em qualquer parte do mundo: sua "oralidade". Alguém, muitas vezes um contador de histórias – que escutou de seus pais ou avós –, contava para uma ou mais pessoas a história que ouvira. E, como essa história não estava registrada no papel ou em algum tipo de gravação, recebia acréscimos, sofria cortes ou ia sendo adaptada no tempo, nos lugares e nos costumes à medida que era recontada. É como a brincadeira do telefone sem fio, em que alguém começa contando um fato e este, no final da roda, tem uma versão bem diferente da primeira.

De fato, fiz uma "visita" aos nossos ancestrais literários, ou seja, aos nossos tataravós, bisavós, avós, amas de leite, entre outros, que usaram primeiro a linguagem oral para narrar uma história baseada em fatos reais ou imaginários.

Enfim, procurei demonstrar a nossa riqueza, a nossa diversidade étnica, cultural, regional e, ao mesmo tempo, a nossa universalidade, pois recebemos influências de vários povos na nossa formação cultural.

A **literatura oral** buscava – busca, ainda – preservar, dar a conhecer aos povos a sua tradição, os seus valores morais, seus costumes, em uma época em que o "registro" da palavra inexistia, era escasso ou inacessível. Ela era – é – um elo de uma corrente, um fio de uma rede, como hoje talvez seja a Internet.

E como você também faz parte dessa corrente, espero que goste da visita que juntos fizemos ao nosso passado/presente/futuro literário, e que crie, re-crie, reconte, compare e represente e conte depois, em versos (como no cordel) ou em prosa, uma outra história.

Em tempo:

Esta é uma obra feita de várias outras, ou seja, um livro composto por vários recontos, de várias procedências e de características diversas. Assim, a diferença na diagramação dos contos **A cabeça falante** e **Lua-cabeça sobe ao céu em linha de carretel** se justifica porque obedeceu à forma poética utilizada para tentar transmitir ao leitor o contexto cultural gerador das histórias recontadas – o africano e o indígena.

A emoção e o sentimento, nessas comunidades, são caracterizados instintivamente, mais por meio do corpo e do gesto do que por meio de palavras, dando ênfase à ação e ao movimento, não à reflexão. A simplicidade da situação, sua concisão e tensão se expressam formalmente em frases e períodos curtos, de fácil compreensão, e de espaços em branco (pausas), como imagens fotográficas de um mesmo "quadro" ou cena. Essas imagens são detalhadas sucessiva e gradualmente e, em alguns casos, repetidas intencionalmente para enfatizar o fato/acontecimento central, como num filme ou peça de teatro, na ordem mais lógica, natural e harmônica possível, buscando conduzir ao suspense do desfecho.

Márcia Batista

SUMÁRIO

PROCURANDO ASSOMBRAÇÃO: O MÃO-PELADA (mito folclórico) 7

A CABEÇA FALANTE 21

A HISTÓRIA DE TONHÃO, MIGUELITO E A CAVEIRA (conto cômico de Goiás) 27

JAUÁ, BOI ENCANTADO 33

LUA-CABEÇA SOBE AO CÉU EM LINHA DE CARRETEL 43

MENINOS COM COROAS NOS CABELOS 49

AS ARTES & AS MANHAS DE MALASARTES 59

ENGANAR A MORTE NÃO É BOA SOLUÇÃO 67

SOBRE ESTE LIVRO 74

PROCURANDO ASSOMBRAÇÃO: O MÃO-PELADA
(mito folclórico)

O Mão-Pelada é um mito secundário da região de Minas Gerais, comum também a São Paulo, Goiás e Mato Grosso.

Integra o **Ciclo dos Monstros**, de seres espantosos e de visões de terror que povoam os contos infantis e as histórias populares. É um retrato da presença do medo na alma de crianças e adultos. O Mão-Pelada é um ser totalmente mau, destruidor, agressor, que mata e persegue suas vítimas somente por maldade e prazer.

De origem remota, todos os folclores possuem essa sinistra galeria de monstros.

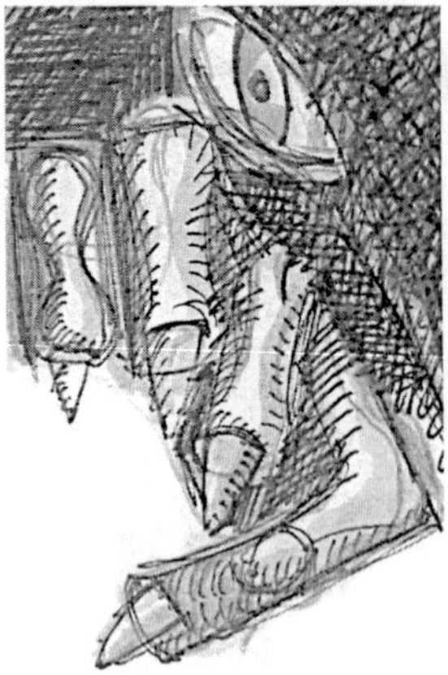

– É hoje, depois do almoço, qu'eu vou, Justino. Você vem comigo ou não?

– Mas aonde, Beto? Que negócio é esse qu'eu num tô me alembrando?

Fazia um tempo, já, que Quindanda e João Congo, acocorados junto à fogueira, picavam fumo e enrolavam a palha do cigarro. As lembranças vinham de longe, do tempo em que, pequenos ainda, chegaram por ali, escravos negros trazidos de terras distantes.

Justino bem que se lembrava do desejo do amigo que vinha, todo ano, passar as férias na fazenda velha do avô. Só queria conferir, ganhar tempo talvez, porque, no fundo, fundo dele mesmo, Justino não queria ir. Tinha medo. Medo de nem sabe do que, mas ouvira tantas vezes o avô Congo – antigo escravo da fazenda – contar aquela história do bicho que, muitas vezes, quando andava sozinho no mato, parecia até que ele via o Mão-Pelada andando na trilha à sua frente. Ele então se benzia e danava a correr.

– Cruz, Ave-Maria, tô me alembrando do Mão-Pelada! Deus que me livre! E João Congo levantou, rodeou a fogueira e olhou longe na direção da pedreira.

– Foi lá mesmo, embaixo da pedreira grande, disse.

– Ah, Justino, deixa de onda! Você sabe muito bem qu'eu quero ir lá embaixo na pedreira, conhecer o lugar onde seu avô diz que viu o Mão-Pelada. Então, você vem comigo?

– Óia, Beto, eu vou pra num deixá ocê ir sozinho qu'eu sou seu amigo, mas qu'eu gosto, num gosto não. A gente num deve de procurá assombração não!

– Que assombração o que, Justino! Eu não acredito nessas coisas e vou lá só pra conhecer o lugar e acho legal se você quiser ir comigo. Já arrumei uma foice e um facão. Depois do almoço, eu te encontro na porteira, combinado? Quando a gente chegar lá, você vai perder esta cisma de assombração.

Foi no meio de um dia que o senhor velho – o Coronel Zé Lino – chamou o moleque João Congo e lhe deu a encomenda. Congo devia levar, num pé e voltar noutro, uma carta ao padre na pequena cidade distante uns seis quilômetros da fazenda. E que voltasse antes da Ave-Maria, que estavam esperando.

Congo pegou a carta, enfiou na cintura da calça e ganhou logo a estrada.

Ligeiro, atravessou a ponte sobre o riacho e, fugindo do rio, subiu o morro. Ia alegre, com a pequena foice no ombro, pulando nos pés e cantarolando.

Algumas horas depois, sentado na porteira, o Beto já esperava com a foice no ombro e o facão na mão. Justino chega, pega o facão e lá se vão os dois pela estrada, levantando a poeira fina da terra seca.

Falam quase nada.

Justino, ressabiado, olha sempre pros lados, enquanto Beto, todo animado, vai mais à frente.

Assim, atravessaram a ponte sobre o riacho e subiram o morro. Andaram mais de um quilômetro quando encontraram a trilha que descia serpenteando entre as pedras e o mato.

– A trilha tá aí, Beto. Ocê num qué voltá, não? – pergunta Justino.

– Claro que não! Vamos em frente!

E, com a pequena foice, Beto tentava abrir passagem entre o mato que crescera na trilha abandonada. Vez ou outra, escorregava nas pedras, mas logo aprumava o corpo e caminhava o mais rápido que conseguia. Justino, como sempre, vinha logo atrás, atento.

Aos poucos, a trilha vai se afinando entre as rochas e o ar se torna mais frio e úmido. O silêncio – só quebrado pelos passos dos meninos – vai invadindo lentamente o coração de Beto, que, agora, caminha mais devagar.

Bicho estranho aquele

Quando Congo ia margeando um capãozinho com mato crescido, seus olhos viram pra nunca mais esquecer – o danado do Mão-Pelada! Foi de repentão que o bicho pulou de dentro do mato quase em cima do menino. Olhou ao redor, deu com o negro Congo e foi seguindo estrada afora. O menino parou assustado.

Bicho estranho aquele – suçuarana não era, lobo não era e cachorro não podia ser.

Talvez fosse o diabo... e Congo fez o sinal da cruz.

O animal continuava a caminhar indiferente à sua frente e João Congo resolveu seguir logo atrás. Desse jeito, pôde examinar melhor o misterioso animal. Tinha o pelo curto, amarelo-escuro e arrepiado na nuca; a cauda comprida e anelada e o fio do lombo era preto e lustroso. Se assemelhava a um pequeno urso ou a um bezerro no tamanho, mas nem trotava nem corria, e sim galopava nos três pés, pois tinha uma das patas dianteiras encolhida e pelada.

Assim iam eles pela estrada. Congo, encabulado, via que o bicho, vez ou outra, olhava pra trás a ver se o menino o seguia. E, nessas horas, mesmo com o sol no meio da tarde, os olhos do animal faiscavam azulado.

De repente, Beto vê os dois olhos azulados do bicho à sua frente. Para um segundo, sacode a cabeça pra despistar e continua.

– Bobagem minha – pensa ele.

Mais um pouco e avistam a torrente deslizando suave entre as pedras e o mato até o fundo do precipício.

– A água aí, Beto! Vamo voltá daqui que tá ficando tarde!

– Volta você, se quiser, Justino. Eu vou passar na ponte.

Mas Justino não quer deixar o amigo e, mesmo achando que é loucura, segue atrás dele.

O caminho vai ficando mais difícil, mais íngreme e escorregadio. Estão chegando na ponte, no precipício. Justino faz o sinal da cruz e pede a proteção dos santos. Lembra do avô, do Mão-Pelada e quer voltar, mas está preso ao companheiro.

Congo se arrepiava. Começou a sentir uma coisa estranha como que o impelindo a caminhar. Percebeu então que os olhos da fera o atraíam e enfeitiçavam misteriosamente. Quis fugir, mas aquele olhar de fogo azulado enlaçara o menino em fios transparentes, prendendo-o numa rede firmemente trançada.

Assim enfeitiçado, João Congo não parou mais. Ia estrada afora, varando o mato, subindo e descendo morros atrás do Mão-Pelada. Encantamento de bruxa má arrastando os pés do menino na terra, no fim daquela tarde terrível.

Nisto, Beto sente um arrepio percorrer o corpo todo.

Escuta um urro imenso e vê o Mão-Pelada faiscando por inteiro bem na sua frente outra vez. Se assusta, o pé resvala e ele rola pelas pedras, as mãos tentando agarrar o mato e sustar a queda.

Justino corre. Beto tem as mãos e o joelho esfolados e senta na terra ainda meio trêmulo.

– Vamo embora pra casa, Beto! Ocê tá machucado e é bobagem continuá! – insiste Justino.

– Eu não vou voltar, Justino. Eu vou atravessar a ponte, já falei!

E, com mais vagar, mas decidido, continua a caminhar.

– Eta-ferro! Parece que ele tá é enfeitiçado! – pensa Justino e, sem vontade, segue o Beto.

A ponte

Sem lua veio a noite e, nem perto da pequena cidade, Congo se achava. Só dava pra perceber que estava longe da estrada, num atalho que se apertava e seguia morro abaixo em direção a uma torrente d'água deslizando fundo, fundo. Sobre a água, uma ponte estreita de velhos paus roliços.

E o Mão-Pelada não o largava.

No escuro da noite, o pelo do bicho faiscava com o mesmo fogo azulado dos olhos. Olhos que, de momento a momento, fixavam-se ainda no menino, agora soltando chispas de assustar. O terror foi tomando conta de João Congo. Sozinho, no meio do mato, no breu da noite e, pior que tudo, aquele animal infernal soltando fogo pelo corpo todo!

Finalmente, chegam à ponte sobre o precipício fundo entre as pedras.

Lá embaixo, a água corre ziguezagueando. Mas a velha ponte está cheia de buracos; a madeira comida pela chuva, pelo tempo, está gasta e podre. Justino, ao ver aquilo, se apavora e grita:

– Beto, a ponte não vai aguentá! Num passa nela não que ela cai!

Mas Beto parece mesmo estar com feitiço de bruxa má e vai seguindo sem escutar.

– Se ocê vai, passa primeiro que adepois eu vou. A ponte num guenta nóis dois junto, diz Justino.

Atordoado, João Congo se aproxima da velha ponte sobre a torrente. Vê ainda o Mão-Pelada que lhe lança um demorado olhar. Depois, vomitando fogo pelos cabelos, pela cauda e pela boca, dá um miado fortíssimo e salta no fundo. Trêmulo, o menino para como se a madeira fosse lhe fugir dos pés e ele caísse na torrente, no fundo do precipício. A ponte estava velha, a madeira devia estar cheia de buracos e não havia onde se apoiar. Mas ele precisava atravessar. E, João Congo, cheio de medo, foi tateando no escuro e se arrastando devagar até chegar ao barranco do outro lado. Nisto, ele viu os dois olhos do bicho brilhando na entrada de uma pequena gruta.

E, sem lhe dar tempo nem pra rezar, o Mão-Pelada saltou furioso pra cima dele com suas enormes patas pro ar, as unhas pontudas à mostra, a boca escancarada em urros terríveis.

Beto põe um pé, o outro e a ponte começa a ranger.

Sem apoio dos lados, ele acha melhor deitar e ir se arrastando devagar.

Vai indo, quando escuta, vindo lá do fundão, urros e gritos alucinantes e vê os olhos do Mão-Pelada brilhando na água, entre as pedras. Sente uma tontura – é como se aqueles olhos o puxassem lá pra baixo. Ele quer fugir e se arrasta mais depressa. Mas, quase chegando ao outro lado,

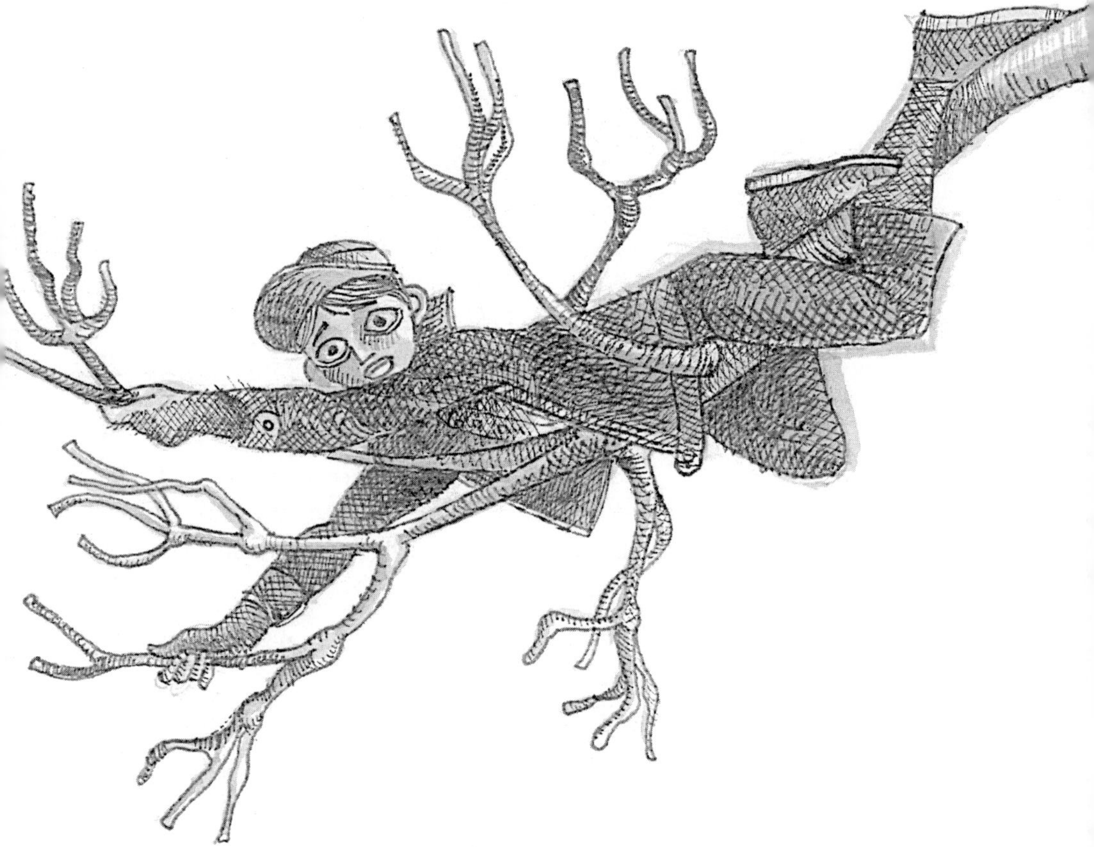

O corpo do animal no ar, se aproximando, se aproximando pesado, compacto e o menino sentindo, pressentindo a morte, se encolheu, se afinou miúdo e rasteiro no chão, na terra e o bicho foi direto no precipício. Mas, no encolher do corpo,

a madeira cede, se parte e o Beto novamente vai rolando, rolando e suas mãos tateando, se agarrando nas pedras, no mato. Pensa que é o fim, quando, de súbito,

Congo rolou na terra, rolou barranco abaixo, suas mãos buscando apoio, ralando nas pedras, tentando se agarrar no capim, nas raízes, nos galhos que encontrasse no caminho. De repente,

ele para. Uma pequena árvore, quase um arbusto de galhos retorcidos, ampara e sustém o corpo do Beto, evitando a queda mortal no precipício.

estancou. Como se o caminho acabasse de súbito. Onde estaria Congo? Teria chegado ao fundo do precipício sem queda, sem dor? Estaria vivo ou morto?

Justino, branco de susto, grita desesperado:

– Beto, Beto! Ocê tá bem?

Ele, mal consegue falar, mas diz que sim, está bem.

– Então, guenta firme aí, qu'eu vou zunando buscá ajuda! Agarra com força a árvore, hein! Eu volto já! – grita o pobre do

Justino e dispara trilha acima. O coração bate apertado de aflição de deixar o amigo sozinho mas não há outro jeito. E corre, corre como se tivesse asas, voando com o embalo do vento.

Pior foi que Congo começou a escutar, de todos os lados, rosnados que foram crescendo, crescendo em uivos, miados e roncos arrepiantes. Parecia que ele havia sido jogado no inferno.

– Senhor meu Santo, que vai sê de mim agora? – choramingou aterrorizado o menino.

Aos poucos, no entanto, percebeu que se achava preso num cipó que balançava suavemente no ar, suspenso sobre o precipício. Apavorado, pensou que provavelmente cairia lá embaixo e, com grande horror, viu ainda, no fundo, os olhos do Mão-Pelada faiscando na escuridão como se o atraíssem e o fossem devorar. Seu corpo balançando levemente foi se tornando vazio, murcho como se o sangue evaporasse.

Congo então fechou os olhos e falou baixinho:

– É o fim! Agora morro de vez! – E, gemendo, desfaleceu.

Beto se abraça à pequena árvore como pode. Seu corpo está dolorido e machucado com a queda e seu coração também bate apertado do susto, do medo.

Meio tonteado, começa a ouvir, vindo lá do fundo, dos lados, de todos os lugares, urros, gritos e gemidos horripilantes e vê, ainda, faiscando azulado, os olhos de fogo do Mão-Pelada.

– Ai, ai, ai! Eu não vou aguentar! Eu vou cair lá no fundo! Minha Nossa Senhora, me ajuda! – geme e reza agora o Beto. E, aos poucos, sente que seu corpo fica leve, leve e ele desmaia.

E foi assim, desmaiado e dependurado num galho de árvore cheio de cipós à beira do precipício, que, dia claro, Quindanda encontrou Congo. Com a ajuda dos outros, ele foi retirado do entrelaçado do cipó. Não estava ferido, mas continuava mudo e seus olhos arregalados e suas feições aterrorizadas demonstravam todo o pavor pelo qual passara.

Foi assim, ainda desacordado, mas preso aos galhos e cipós da pequena árvore, que Justino o encontrou. Desceu até lá e amarrou-o com uma grossa corda. Depois, o pai do Beto e o de Justino, que vieram ajudar, puxaram lentamente o corpo do menino.

Quindanda deu-lhe uns tapas nas costas e o sacudiu com força. Mas só depois de algum tempo, como se afinal acordasse de um pesadelo, é que João Congo soltou um longo suspiro de alívio e desembuchou falando alto:

– Óia, óia lá, o Mão-Pelada!

Foi preciso um bocado d'água na cara e uns tapas de leve para que o Beto acordasse. Ainda tremia um pouco, o corpo doía e os olhos demonstravam o medo que sentira, mas o abraço forte de seu pai e do amigo Justino o reanimaram.

– Nossa! Que sufoco eu passei, gente! Justino, se não é você, eu teria morrido! Te devo minha vida, amigão!

– Num deve nada não, ô gente! Eu tô é muito feliz d'ocê tá bem! Agora vamo esquecê desse tal de Mão-Pelada, né?

E, abraçados, seguiram o rumo de casa.

Longe, longe, dois olhos azulados faiscaram na mata, e o vento carregou pr'outras bandas o cheiro adocicado do feitiço de bruxa má.

A CABEÇA FALANTE

Conto popular de origem africana contado por negros sudaneses, trazidos em grande quantidade como escravos para o Brasil e América em geral. O mito da cabeça errante/falante é comum no folclore europeu, africano e ameríndio. Revela a influência dos africanos em nossa literatura.

Naiubari, guarda sua língua
na boca bem cerrada.
Não apregoe aos quatro ventos
estranhas verdades,
pois tolo te chamarão
e à desgraça elas te conduzirão.

Naiubari, jovem caçador, desce à mata.
Os pés descalços ora correm, ora deslizam
suavemente entre árvores e moitas,
à espreita da caça.

Na mão, sua lança; nos olhos, sua coragem.

De repente, próximo ao rio, ele para.
Seus olhos atentos encontram a caveira
– armação de ossos de humana cabeça –
junto à grande árvore, no chão.

Estranha o fato, mas, sem medo, se aproxima.

– De quem seria? Por que a teriam separado
de seu pobre corpo? – pensou ele e,
entre sério e risonho, alto perguntou:

– Oh, pobre caveira, quem te fez ficar assim,
em estado tão deplorável?
– Foi a língua, a minha língua que assim me fez ficar,
a caveira respondeu.

Naiubari se assustou.
Nunca na vida ouvira dizer que uma caveira falasse.
Pegou sua lança e, sem mais pensar na resposta que escutara,
saiu a correr pela mata pra contar a novidade.

Chegando à aldeia, procurou sem mais demora
o Rei da Tribo e lhe disse, ainda esbaforido:
– Senhor meu Rei, encontrei na mata
uma caveira de gente que fala!

O Rei, é claro, muito se admirou:
– Isto é um absurdo! Nunca, desde que minha mãe
me carregava no colo, ouvi dizer que uma caveira falasse!
Mas, na dúvida, mandou chamar seus Conselheiros e,
desconfiado, lhes perguntou:
– Sábios da minha Tribo, por um remoto acaso,
os senhores já viram ou ouviram ou conheceram
alguma caveira que fale, murmure ou sequer resmungue?
– Senhor Rei, por estes olhos que tudo veem e
por estes ouvidos que tudo escutam, nós,
dignos Conselheiros da Tribo, nunca vimos,
ouvimos ou conhecemos uma caveira que falasse,
nem sequer deste fato tivemos notícias jamais.

– Mas é verdade, majestade! Eu não sonhei e nem maluco fiquei!
Ela está lá na mata e fala! Eu vi com meus olhos e ouvi com meus

ouvidos que a terra há de comer, se mentindo eu estiver! – disse o impaciente Naiubari.

Palavra contra palavra é coisa mesmo que nada.
Ordena, então, o Rei que dois guardas,
de grandes olhos e grandes orelhas,
a Naiubari se juntassem na mata
e o visto e o ouvido lhe relatassem.
Se nada escutassem, de resmungo, sussurro ou palavra,
mentira seria e a terra de verdade comeria a cabeça de Naiubari
que, cortada, rolaria ao chão.

Assim desceram à mata – um à frente, dois atrás.
Próximo ao rio e à grande árvore chegaram.
Lá, no exato mesmo lugar,
a caveira – armação de ossos abandonada – se encontrava.

Naiubari, aflito, a ela se dirige:
– Cabeça-caveira, fale comigo o que ainda há pouco falou!
Mas, na mata, só o silêncio suspenso da respiração de Naiubari
se ouvia.
Este, suor brotando já frio no corpo, pede, implora e quase
sacode a oca cabeça a seus pés:
– Caveira, caveirinha, por favor, fale alguma coisa,
xingue, resmungue ou sussurre!

Mas nem sequer o barulho da folha caindo se ouviu.

E assim foi por todo o longo dia.
Naiubari implorava, mas, muda, a caveira continuava.
A tarde chegou ao fim e a noite se anunciou.

Pálido, trêmulo,
Naiubari sabe que não tem apelação.
Se ajoelha, reza ao seu Deus, e os guardas,
friamente, cortam-lhe a cabeça
e a deixam próxima à outra, no chão.

Longe eles estão, quando a antiga caveira
indaga à recém-decepada cabeça:
– Cabeça novata, quem te fez ficar assim,
em estado tão deplorável?
– Foi a língua, a minha língua que não se conteve,
demais falou e à morte me levou, respondeu tristemente
a cabeça, em breve caveira, de Naiubari.

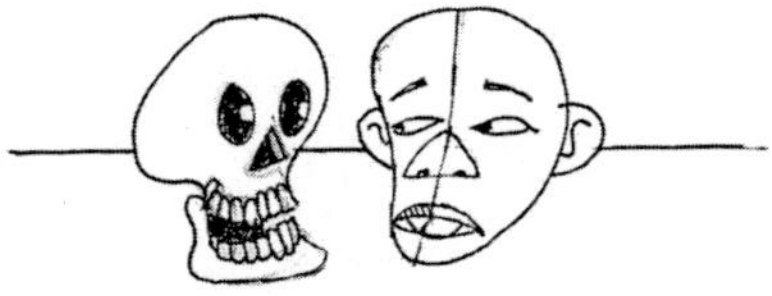

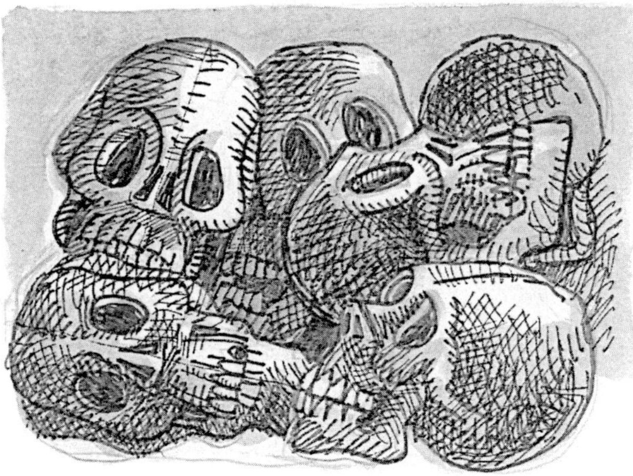

A HISTÓRIA DE TONHÃO, MIGUELITO E A CAVEIRA

(conto cômico de Goiás)

O conto cômico, os jogos e anedotas são caracterizados não só pelo humor, mas por imprevistos, por situações inusitadas, materiais e morais. Esta imprevisibilidade é a constante psicológica, a novidade no desfecho, na palavra ou na atitude do personagem. Pode ter, ou não, uma finalidade moral de aprovação, de crítica ou de repulsa, ou ser, apenas, um reforço de valores morais.

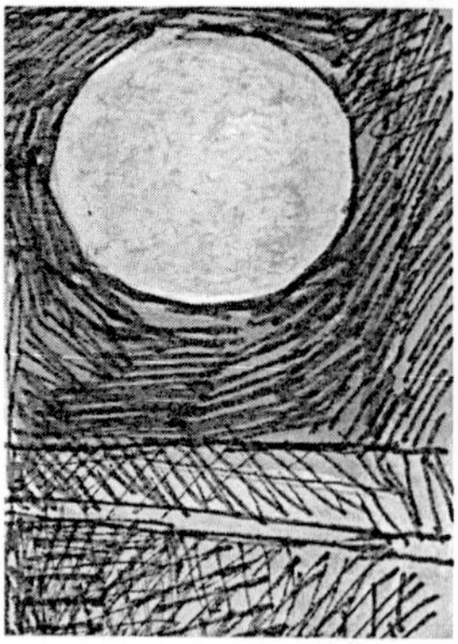

Eram a turma do "barulho", como os vizinhos os chamavam. Gostavam de contar prosa, se diziam corajosos e sempre aprontavam alguma.

Quando a noite chegava, reuniam-se no "Clube do Terror" – velha garagem abandonada a poucos metros do cemitério.

Naquela noite, Zé Fominha, matreiro e espevitado, mais do que nunca, ganhava de todos no baralho.

Onze horas, noite sem lua. Tonhão, Fred, Heleno e mais o Zé jogavam a saideira, reunidos na mesa iluminada com velas de cera.

Cartas na mão, um a um, vão espiando, pedindo mais, "passando", armando o jogo.

Apostam alto – muitas notas esparramadas na mesa. Um silêncio de suspense e emoção. De repente, Zé Fominha grita:

– Fiz trinta!

Os outros, desanimados, mostram as cartas: Tonhão 27, Fred 28 e Heleno 29.

Zé Fominha levanta entusiasmado:

– Ganhei! Ganhei mais uma e dou metade desse dinheiro a quem me trouxer, agora, uma caveira do cemitério!

Tonhão, mais que depressa, diz que vai num pé e volta noutro. Que esperem por ele que não demora e, falando assim, sai, porta afora.

Mas, do lado de fora, quem estava era o Miguelito, escondido próximo à porta, tudo ouvindo. E, antes do Tonhão, chega ele ao cemitério, põe-se em local bem oculto e espera.

Quase bate a meia-noite, quando Tonhão, de capa preta e chapelão, se aproxima sorrateiro do portão. Lentamente vai abrindo quando, de repente:

– DLÉM! DLÉM!

Ele pula assustado, mas é o sino da igreja que repica logo ali ao lado. Com o coração em disparada, Tonhão entra apressado e, no escuro da noite, tropeça e cai, boca aberta, no chão.

– Oh, droga, que azar o meu! – esbraveja.

Desajeitado, todo sujo levanta, mas sua capa acaba presa num galho.

– Socorro! Deus me acuda, que alguém me segura!

Grita, esperneia, roda à sua volta, mas logo ri amarelo ao perceber que tudo era só mais um engano seu.

– DLÉM! DLÉM! – canta ainda o sino e Tonhão acaba esbarrando num monte de caveiras espalhadas pelo chão.

– Oba, estou com sorte! Pego uma e vou-me embora antes que, de susto, morra eu agora – diz ele se aproximando e uma caveira pegando.

– Epa, larga aí que essa é minha! – grita cavernosa e fanhosa voz.

Os cabelos de Tonhão se arrepiam alto, derrubando seu chapelão. Trêmulo, ele pergunta:

– Quem é? Quem está aí??

Mas só o sino – DLÉM! DLÉM! – no silêncio respondeu.

Vai Tonhão e, rápido, pega outra caveira no chão.

– Epa, larga aí que essa é minha!... – grita a voz outra vez.

E assim outra, e mais outra e todas, todas gritando:

– Larga aí, que essa é minha! Larga aí, que essa é minha!

Já desesperado, a meia-noite findando, Tonhão agarra uma qualquer e sai correndo do cemitério. E, a correr pela rua afora, só escuta atrás de si a voz que berra sem fim:

– Larga, larga que essa é minha! Essa é minha!

Esbaforido, chega à garagem, abre a porta de sopetão, joga na mesa a caveira, gritando de aflição:

– Segurem esta cabeça, que o dono dela vem aí!

Dá meia-volta e foge, derrubando o que encontra no caminho.

Os amigos levantam apavorados e saem a correr atrás do Tonhão, deixando no Clube uma grande confusão.

Nisso, de mansinho, surge na porta o Miguelito. Espia daqui e d'acolá e a ninguém ele vê.

Então, se dobra de rir às gargalhadas da peça que a todos pregara. Recolhe na mesa o dinheiro, enfia no bolso e vai-se embora, gargalhando e repetindo:

– Larga aí, que essa é minha! Rá, rá, rá!

– Larga que essa é minha!... Rá, rá, rá!

Mas, pra não terminar aí essa história, podemos inventar um outro final, como este agora:

Enquanto isso, na garagem toda atrapalhada, a caveira pula, da mesa ao chão e, atrás do Miguelito, segue a gritar:

– Miguelito, Miguelito, larga aí que esse dinheiro é meu! Esse é meu, Miguelito! Larga o dinheiro, Miguelito!

Então, o Miguelito, branco como cal e todo arrepiado de susto, joga o dinheiro ao chão e, por sua vez, dispara rua afora:

– Socorro! Socorro! Olha a caveira falante atrás de mim! Acudam! Socorro!

E, desta feita, é a caveira que rola, rola de ri, repetindo sem parar:

– Larga aí, que esse dinheiro é meu! Larga meu dinheiro, Miguelito! Esse é meu! É meu!... Rá, rá, rá!!!

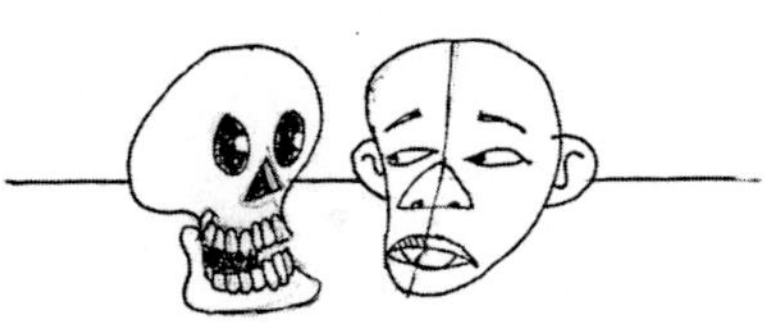

JAUÁ, BOI ENCANTADO

Título original: O garrote Jauaraicica, citado por Moacir C. Lopes.

Esta história faz parte do **Ciclo do Gado**, que engloba histórias de animais fugitivos, vivendo anos e anos nas serras e grotões, escapando dos vaqueiros e campeadores. "Sua fama de arisco e valente se estende, o boi fica célebre, os vaqueiros disputam apanhá-lo e surgem então os versos imortalizando suas façanhas."

O boi é personagem principal de inúmeras histórias contadas nas regiões norte, nordeste, centro-oeste e sul, bem como dos folguedos, como o Bumba meu boi entre outros, por ser ele – o boi – personagem central da vida econômica e social dos moradores dessas regiões devido à pecuária ali praticada.

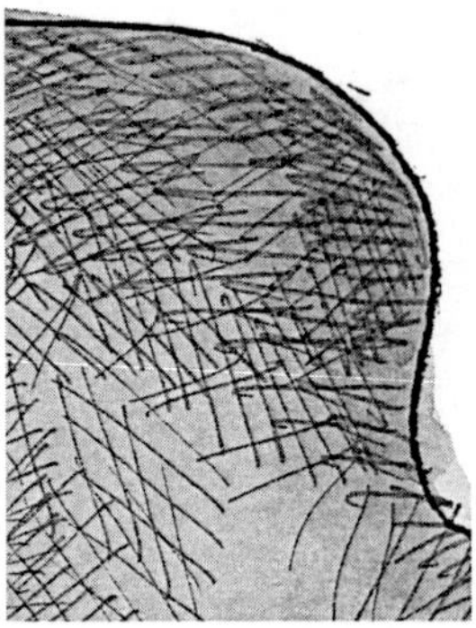

Jerônimo era menino de beira de rio.

Não sua casa – que era até meio afastada – mas ele mesmo, que trazia nos olhos as águas do rio.

E, todo fim de tarde, elas rolavam manso em melodia, chamando o menino.

A melodia se espalhava com o vento morno e, onde estivesse, Jerônimo dava tento e caminhava em encantamento.

A obrigação de ajudar o pai e os irmãos a juntar os poucos bois, vacas e bezerros, estava feita. Ele podia sentar no barranco e encher os olhos com a água clara do rio manso.

Em tempo quente, mormaço grudando na pele, ele mergulhava e era bom sentir o refresco no corpo e na alma, que também se limpava da poeira e dos "pecados", assim ele pensava.

– Jerônimo, não mergulhe no rio à hora da tardinha que a Mãe-d'Água te carrega, dizia sua mãe assustada.

– Tem perigo não, mãe! Eu já fui lá no fundo espiá. É muito bonito o fundão: cheio de pedras, peixinho filhote e areia e terra que eu vi.

E não adiantava a mãe pedir, pois quando o tempo esquentava, Jerônimo, sem medo, mergulhava.

Foi assim, numa dessas tardes, lá no fundão, que ele encontrou uma estranha pedra – grande mesmo, parecendo um ovo gigante, cor amarelo-desbotado brilhante. É, ela brilhava como aquelas pedras que os homens tiravam da água com peneira pra vender na cidade. Só que essa era muito, muito maior.

Jerônimo tentou pegá-la pra levar, mas não havia força que desse. O ar acabou lá no fundo e ele subiu à tona. Saiu do rio e sentou no barranco pra pensar.

– Eta que pedra esquisita e bonita demais, sô! Sozinho num dou conta de tirar ela da água. Mas também num vou contá pros outros que acabo ficando sem ela.

Sentado, olhando a água um tempo, ele resolveu:

– Vou é deixá ela lá mesmo, no fundão. Assim, eu tenho uma coisa pr'eu vê todos os dias e vou é gostá.

E, todos os dias, de tardinha, Jerônimo mergulhava pra olhar a pedra e, lá no fundo do rio, ela continuava bem quieta.

*

O tempo caminhava, um dia após o outro como um pé depois do outro e o calor também se ia. Logo seria inverno e ficaria difícil mergulhar no frio da água que se tornava ainda mais fria.

*

Foi numa dessas tardes, já beirando a noite e beirando o frio, que Jerônimo, sentado no barranco olhando a água cantar suave, viu o que viu e se entalou de susto.

Daquela água clara saiu, sem mais nem menos, um grande, lustroso e imponente bezerro negro.

Veio vindo devagar, depois parou, sacudiu a água do corpo e levantou alto suas patas dianteiras como numa saudação.

Os olhos de Jerônimo não queriam acreditar e ele pensou em correr, mas, de medo, nem se mexeu.

Então o bezerro, que brilhava com o pelo úmido ao sol de quase noite, olhou manso nos olhos do menino e só isto falou:

Nasci da pedra amarela.
A água foi meu leite e a Mãe-d'Água é minha mãe.
O rio é minha casa, Jauá é meu nome.
Vou correr mundo agora,
cuide do rio até quando eu voltar.

Assim que falou, Jauá disparou em carreira mato a dentro.

Jerônimo, estatelado, beliscou o seu braço para ver se sonhava ou se estava encantado. Doeu. Ele estava acordado. Queria ver a pedra, mas era tarde já pra mergulhar. Arrastando os pés, foi pra casa, a cabeça zoada com o que vira. Mas guardou o nome do bezerro – Jauá.

*

Dia seguinte, Jerônimo mergulha aflito pra ver a pedra.

Chega no fundão, olha que olha e afinal descobre a pedra partida ao meio. Perto, na água clara, dois olhos esverdeados olham seus olhos.

– É a Mãe-d'Água, ele pensou, e, assustado, subiu à tona.

Sentou na terra meio trêmulo de friagem e de susto.

Agora sim, tinha certeza de que o bezerro Jauá existia e nascera mesmo da água do rio.

E assim, todas as tardes, as águas rolavam manso chamando o menino que largava tudo e ia tomar conta do rio até Jauá voltar.

Mas, onde andaria o bezerro?

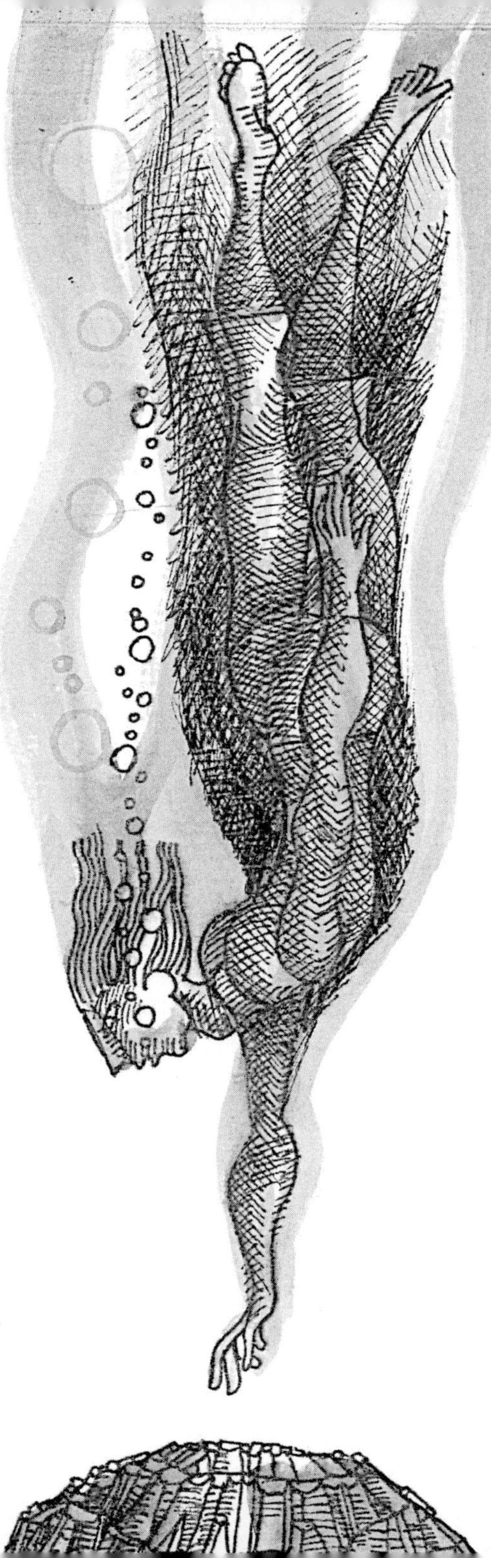

Foi num dia, ele escutou o pai contar que uns homens chegados lá dos lados das serras, contaram histórias de um bezerro negro como breu que aparecia e desaparecia. Diz que ele matava onça, entestava com boi maior e não havia jeito de ninguém chegar perto dele.

Jerônimo escutava sem nem piscar.

– É o Jauá! O danado é encantado mesmo e ninguém vai botá a mão nele não, pensou.

*

O tempo caminhou um bocado por aquelas terras.

O sol esquentou forte e não quis mais ir embora. A seca foi ficando brava, os rios se encolhendo terra adentro, murchando que dava dó.

O gado ia sumindo a carne, só na pele e no osso, as roças não vingavam e até Jerônimo, preocupado, olhava as águas do seu rio, agora quase que só um pequeno riacho.

Nesta situação de penúria, o coronel Serzemento, homem de muitas terras, ouviu falar do bezerro Jauá – gordo, forte, lustroso.

– Eu quero este bezerro aqui, falou alto. Preciso de sangue novo no meu rebanho.

– Mas coronel, ninguém apanha ele não! Ele tá num lugar, some, aparece noutro, igual o dêmo, disse um vaqueiro.

– Não acredito nessas bobagens e dou um pedaço de terra mais 100 cabeças de gado a quem me trouxer esse bezerro pelo rabo, disse o coronel.

– Óia, coronel, só tem um homem que eu sei, capaz de pegar esse animal: é o vaqueiro Zé Preto. Se não é ele, num é mais ninguém.

– Pois tragam o Zé Preto! – falou o coronel.

*

Daí uns dias, chega o Zé Preto, vaqueiro afamado.

– Homem, tu és mesmo capaz de pegar o tal bezerro? – perguntou o coronel.

– Sem faltar com a verdade e sem modéstia, coronel, "boi que boto o cavalo em cima, é carne que apodreceu", disse o Zé Preto.

– Pois então vá! Leva matula pra uns dez dias e só me apareça com o bezerro pelo rabo.

*

Zé Preto entrou sertão adentro. Andou mais de mês naquela terra seca, subindo e descendo serra. Perguntava dali, perguntava daqui, mas ninguém dava por certo onde o bicho estava.

Foi de repentão, sem nenhum aviso, que o vaqueiro topou com o bezerro, próximo às terras de Jerônimo.

Zé Preto tomou um susto, se recuperou e, depressa, armou o laço.

Quem contou, diz que ouviu um barulhão danado e escutou os gritos do Zé:

– Te agarrei, bezerro do diabo! Te agarrei!!

E mais viu quem contou, que o bezerro cresceu em tamanho, "soltando fumaça pelas ventas, tirando fogo das pedras e quebrando os galhos das árvores". Atrás, Zé Preto no cavalo gritando adoidado. Assim é que entraram os três no açude, a água se abrindo em fenda e esparramando pros lados.

O homem que viu, "engoliu um susto" e tratou de correr pra casa.

*

Dia seguinte, manhã cedinho, as donas chegaram no açude pra lavar a roupa e deram com um homem espetado num pau de cerca. Foram ver, era Zé Preto.

Neste dia mesmo, à tardinha, Jerônimo olhava a água miúda do rio.

Triste, pensava que Jauá havia pedido pra ele tomar conta do rio, mas o rio se acabava e ele não podia fazer nada pra impedir.

Nisso, ele notou que a água de repente aumentava, crescia e cantava suave outra vez. E, surpreso, ele viu sair, daquelas águas claras, negro, lustroso e imponente, o bezerro Jauá.

Olhando manso nos olhos de Jerônimo, ele falou:

Da pedra nasci, a água me alimentou,
a Mãe-d'Água me criou.
Pro mundo eu fui, vi muita ganância,
vi muita miséria.
Pra casa do rio volto eu agora.
Aqui nessas terras,
a água nunca mais secará.

Disse e entrou no rio novamente. Jerônimo tinha os olhos molhados da água do rio e de emoção. Jauá voltara como prometera. Ele estava feliz e sentia um aquietamento doce no coração.

E, naquelas terras, de verdade, a água nunca mais secou.

Não há vaqueiro na região que não conte que "todo ano Jauá caminha pelas vazantes pra anunciar o inverno e, de cada rastro seu, brotam sementes, nascem riachos e lagoas. Araras e periquitos fazem festa na copa das árvores e as seriemas pastam despreocupadas nas várzeas".

E a água corre solta, alimentando a plantação e enchendo de alegria os olhos do menino.

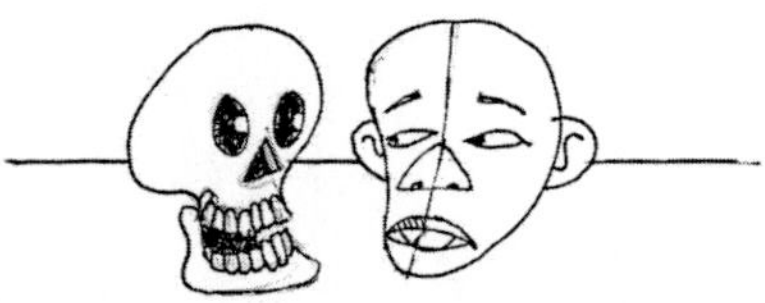

LUA-CABEÇA SOBE AO CÉU EM LINHA DE CARRETEL

Mito indígena sobre a origem da lua, recolhido por Capistrano de Abreu, no território do Acre.

O tema da cabeça errante e falante aí aparece como referência etiológica, o que serve para explicar a origem das coisas. O conto etiológico foi inventado para explicar e dar razão de ser a um aspecto, propriedade ou caráter de qualquer ser natural. Muito usado para justificar as características físicas de um animal.

No meio do caminho havia uma cabeça.
Cabeça cortada, sem eira nem beira e
sem dono a quem pertencesse.

Pelo caminho três homens passaram. Viram a cabeça.
– De quem seria? – entre si indagaram, mas,
eles mesmos, de nada sabiam.
Resolveram então, levá-la e, aos outros,
mostrá-la.
Quem sabe assim o dono descobrissem.

Puseram a cabeça num saco de pano branco e caminharam.
Mas a estranha cabeça não gostava de estar ali presa.
– Não se enfia uma cabeça num saco, para isto eu não fui feita.
Preciso de ar, de espaço para tudo ver e para pensar.
Assim, consigo mesmo ela falou e, mais que depressa,
pulou do saco ao chão.

Os três homens se admiraram e botaram a culpa no saco,
cujo pano seria fraco, além de estar mal amarrado.
Pegaram então um pano mais grosso, mais resistente
e nele colocaram novamente a estranha cabeça.

Caminharam, caminharam, mas, adiante,
a cabeça, de novo, caiu.
– Ah, cabeça desmiolada! Pela última vez te poremos no saco.
Se não ficares quieta, se outra vez caíres ao chão, nele mesmo ficarás! – disseram os homens.
Logo à frente, a cabeça sem ar, agoniada,
pula fora mais uma vez e cai na estrada.

Os três homens cumpriram a promessa e, lá mesmo a deixaram, seguindo o caminho.

No entanto, a cabeça abandonada, sozinha não queria ficar e pôs-se a rolar na estrada atrás dos três.
– Ah, não, disseram eles, não queremos uma cabeça nos seguindo.

Então, pra despistar, chegando ao rio, foram nadar.
Nadaram de cá, nadaram de lá, esticando o tempo, para ver se a cabeça desistia e embora se ia, mas nada.
Ela veio atrás e, na margem do rio, pacientemente esperou.
Cansados, os homens saíram da água e correram a subir numa árvore carregada de frutos e, lá em cima, puseram-se a comê-los.

Pois a estranha cabeça foi até a árvore e frutos também pediu. De propósito, longe eles jogaram.
Rapidamente ela rolou para pegá-los.
Em seguida voltou e mais pediu. Desta feita, os frutos n'água os homens jogaram e a cabeça, esperta, disse que lá não iria buscá-los.
– Como fazer, pensaram os três, para que esta cabeça nos deixe em paz? E longe, bem longe jogaram os frutos, desceram da árvore e saíram a correr enquanto a cabeça se demorava a encontrá-los.

*

A cabeça voltou, olhou a árvore, olhou à sua volta e ninguém mais viu. Então, começou a rolar, rolar rápido pela estrada à procura dos homens.

Estes, que haviam se escondido para ver se a cabeça os alcançaria, correram em disparada rumo às suas casas.
– Oh, que coisa esquisita, esta cabeça sem dono não nos abandona mais?!
E, correndo, os homens chegaram, avisaram a todos e,
mais que depressa, fecharam todas as portas e janelas.

Não demorou, e a cabeça também lá chegou.
De longe gritou: – Abram as portas que eu quero entrar!
– Não, não e não! – os homens, com medo, disseram.

*

Ela esperou, esperou, mas porta alguma se abriu.
Triste e aborrecida com os homens, ela pensou:
– Se como cabeça não me querem, em outra coisa me transformarei.
Só não quero ser nada que lhes tenha serventia aqui nesta terra.

Assim, se água eu for, dela beberão;
se terra for, por cima dela andarão, plantarão,
e casas construirão;
se boi ou vaca, farão uma boiada, comerão a carne
e beberão do leite;
se casa for, nela irão morar e filhos terão;
se for o sol, sob ele se esquentarão e,
se chuva mansa ou aguaceiro, as plantas crescerão,
o capim ficará verdinho e os animais, dele, se alimentarão.

Finalmente, encontrou a solução:
– Serei a lua, distante e fria, e o homem comigo sempre sonhará.

Ela então gritou: – Abram as portas, quero tirar minhas coisas!
Eles não abriram e disseram: – Aqui não tem nada seu!
A cabeça pôs-se a chorar e pediu que lhe dessem pelo menos dois carretéis de linha. Os homens enfiaram os carretéis por um buraco e ela os pegou.
Depois, com muita força ela atirou os carretéis ao céu e pediu a São Pedro que amarrasse a ponta da linha numa vara e a fosse enrolando, enrolando para que ela pudesse subir.
Segurando a linha, a cabeça disse adeus e foi subindo, subindo.

Os homens, então, abriram as portas e olharam espantados a cabeça que subia em linha de carretel.
Assim, de mansinho, ela chegou ao céu e em lua se fez.
E, quando a noite chegou, lá estava ela, clara e bonita, lua cheia no céu em fios de carretel.

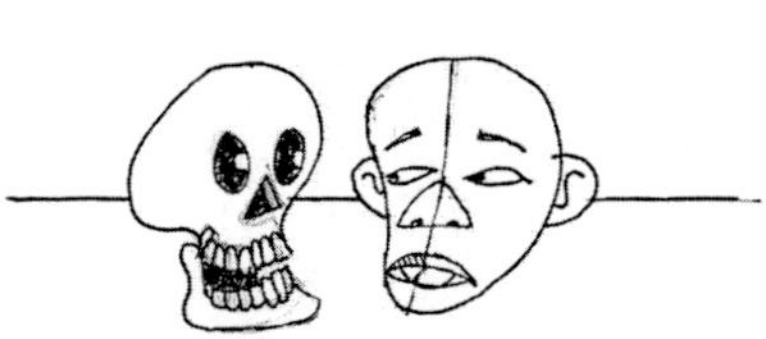

MENINOS COM COROAS NOS CABELOS

Versão sergipana, ouvida e recontada por Sílvio Romero. História trazida por árabes, recebendo influências portuguesas e brasileiras.

Pertence aos **contos de encantamento** ou **contos de fadas**, caracterizados pelo sobrenatural, pelo encantamento, pelos dons e amuletos, pelas varinhas de condão, pelas virtudes além das possibilidades humanas e naturais, com interferência do imaginário.

Os contos de fadas ou de encantamento têm forte influência europeia. Ao chegarem ao Brasil, através de Portugal, sofreram várias modificações de nossa gente.

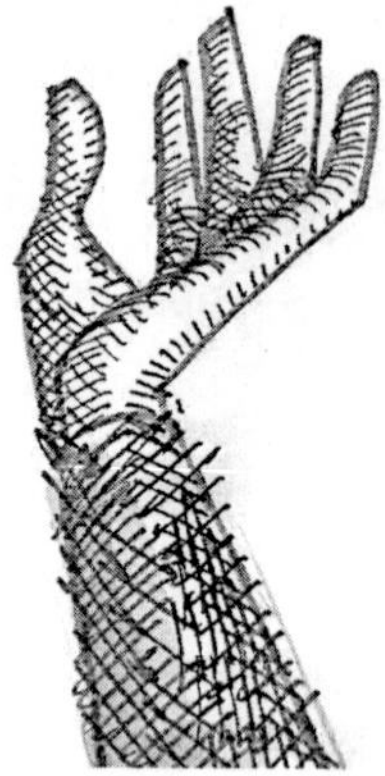

Era uma vez, numa terra distante, três moças bonitas, órfãs de pai e mãe.

Conversavam na sacada de sua casa, quando uma delas, de nome Clementina, exclamou:

– Olhem, lá vem o Rei! O Rei vem vindo!

Muito animadas, as três falam alto na sacada:

– Se eu me casasse com o Rei, linda camisa lhe faria, diz Manuela.

– Eu não, diz Clementina, se eu me casasse com o Rei, uma calça lhe faria como nunca se viu igual.

– Pois eu, diz Rafaela, se me casasse com ele, lhe daria três lindos filhos com coroas nos cabelos.

O Rei, que passava, tudo ouviu.

Na manhã do dia seguinte, foi à casa das três moças e assim lhes disse:

– Que se apresente a moça que me daria três lindos filhos, caso se casasse comigo.

Rafaela se apresentou e o Rei a levou, casando-se com ela em meio a muita festa.

Mas Clementina e Manuela roeram as unhas de raiva e inveja e, secretamente, imaginaram um jeito de acabar com a felicidade da irmã e do Rei.

*

O tempo passou e Rafaela, feliz, engravidou.

As irmãs, quando souberam, correram ao palácio e, fingindo-lhe amizade, disseram:

– Rafaela, minha querida, queremos estar no palácio para melhor te ajudar.

A meiga Rafaela de nada desconfia e acolhe as irmãs em sua moradia.

Finalmente chega o dia do nascimento.

Dentro do quarto, as irmãs maldosas já haviam escondido um sapo, uma cobra e um gato, mas o médico, elas não deixaram que entrasse.

Ao nascerem as três crianças – rosadas e formosas – Clementina e Manuela colocaram-nas numa cesta com tampa e uma delas lançou a cesta ao mar.

Enquanto isso, a outra, no quarto, mostrava ao Rei os três estranhos animais, dizendo-lhe que eram seus três filhos.

– Mas isto é impossível! Rafaela então é uma mentirosa! – disse o Rei indignado. E, chamando os guardas, ordenou:

– Afundem esta mulher até a cintura na terra perto da escadaria do palácio e, quem por lá passar, deve cuspir no rosto dela!

Foi uma ordem terrível aquela e a pobre Rafaela chorou muito com tamanha injustiça.

No entanto, eis que um velho pescador encontra no mar a cesta trancada.

Ao abrir-lhe a tampa, ele fica surpreso e feliz.

– Oh, três lindos garotinhos! Que maldade fizeram lançando-os ao mar – disse ele.

E levou-os para casa onde ele e sua velha mulher os criaram com muito amor e carinho.

Os anos se passaram. Os meninos, já crescidos, iam diariamente à escola. E sempre, em frente ao palácio, passavam.

Manuela e Clementina, que ainda lá moravam, viam passar os meninos e, observando-os, curiosas ficaram. Um dia, se aproximam, examinam, conversam e acabam por descobrir quem eles de fato são.

Pensam logo num plano e, em dia marcado, saem as duas ao verem os meninos passar.

– Olhem, meus amiguinhos, o que hoje lhes trouxemos: frutas deliciosas do nosso pomar! Comam, comam que vocês vão adorar!

E as pobres crianças, que nem de longe desconfiam, comem as frutas envenenadas e, em pedras, logo se transformam.

Enquanto isso, o velho pescador e sua mulher esperavam aflitos os meninos que não apareciam.

Esperaram, esperaram e nada.

Choraram muito e a cidade toda, preocupada, ajudava a procurá-los.

Foi então que a velha, com seus mágicos poderes, descobriu o que acontecera.

– Não se preocupe, marido, disse ela ao pescador. Eu vou à casa do Sol buscar um remédio para salvar as crianças.

E partiu, montada num cavalo.

A Casa do Sol

Depois de muito andar, encontrou um rio muito grande e bonito que lhe perguntou:

– Ô, minha avó, aonde vai com tanta pressa, montada neste cavalo?

– Vou à casa do Sol para que ele me ensine um remédio pra pedra virar gente novamente, respondeu ela.

– Ah, pois então pergunte a ele também, por que um rio tão grande, bonito e profundo como eu, não tem peixe? – pediu o rio.

E a velha se foi, galopando em seu cavalo.

Logo adiante, encontrou uma árvore muito grande e com uma linda copa, mas sem um fruto sequer em seus galhos.

Ao ver a velha, a árvore perguntou-lhe:

– Aonde vai, minha velhinha, neste cavalo formoso?

– Vou à casa do Sol buscar um remédio pra gente que virou pedra, ela respondeu.

– Aproveite e pergunte a ele, por favor, por que uma árvore tão grande e viçosa como eu nunca deu fruto? – pediu a árvore.

A velha escutou, anotou e foi-se embora.

Depois de muito andar, passou pela casa de três moças bonitas que já estavam em idade de se casar.

– Aonde vai, minha avó? – perguntaram elas.

– Vou à casa do Sol buscar um remédio pra gente que virou pedra, respondeu.

– Ah, pergunte a ele também, por que nós, jovens formosas, ainda não nos casamos? – pediram elas.

A velha escutou, anotou e seguiu o seu caminho. Andou, andou até que, finalmente, chegou à casa da mãe do Sol.

Bateu à porta e a mãe do Sol a recebeu, ouviu toda a sua história e teve muita pena da velha senhora. Ouviu ainda mais, com atenção, todos os pedidos que fizeram à velha.

Depois, ela disse:

– Vou te esconder bem escondida, porque meu filho, o Sol, não gosta de estranhos em casa. Quando ele chega, está sempre bravo, resmungando e queimando tudo por aí.

Não demorou, chega o Sol, bufando de nervoso e criando caso.

– Hum, hum... estou sentindo cheiro de sangue de gente! Onde está? Hum, hum... aqui tem sangue de gente!

– Não é nada não, meu filho, é uma galinha que matei para o jantar. E a mãe o foi amansando, acalmando, até que ele sentou-se à mesa para o jantar. Ela, então, começou a perguntar:

– Meu filho, um rio muito fundo, largo e bonito, por que nunca dá peixe?

– Porque nunca afundou gente, disse o Sol.

Após algum tempo, a mãe tornou a perguntar:

– E uma árvore muito viçosa e copada, por que não dá frutos?

– Porque tem dinheiro enterrado debaixo dela, disse o Sol começando a ficar inquieto.

Pouco tempo depois, a mãe fez a outra pergunta:

– E umas moças bonitas e ricas, por que não arranjam casamento?

– É porque costumam urinar para o lado em que eu nasço, respondeu o Sol, remexendo-se na cadeira.

Passados mais uns minutos, a mãe, de manso, perguntou:

– E qual será o remédio pra gente que tiver virado pedra?

O Sol então, perdeu a paciência, levantou-se da cadeira com estrondo e reclamou:

– Mas o que é isso hoje? Por que tantas perguntas? Assim eu não posso comer sossegado!

A mãe, despistando, com jeito, acalmou-o. Fez com que se sentasse novamente, dizendo:

– Sabes filho, é que fico o dia todo sozinha e começo a imaginar essas coisas. Não fique nervoso e me responda só a mais essa pergunta.

– Bom, o remédio é tirar de minha boca, quando eu estiver comendo, um bocado de comida e colocar em cima da pedra. E pronto, acabou! Não me pergunte mais nada! – gritou o Sol.

Dali a um instante, a mãe fingiu um espanto, levou a mão à boca do Sol e tirou um bocado de comida, dizendo:

– Olhe, meu filho, um cisco na comida! – E, depressa, guardou o bocado.

Daqui a pouco, a mesma coisa.

– Olha, meu filho, um fio de cabelo na comida! – tirou outro bocado e tornou a guardar.

Da terceira vez, ela fez o mesmo, e o Sol, não aguentando mais, levantou-se aborrecido, dizendo:

– Ô, minha mãe, sua comida hoje está muito porca! Assim não quero mais! E foi se deitar.

Na manhã do dia seguinte, o Sol partiu bem cedo para o trabalho.

Sua mãe, então, foi até à velha que ainda estava escondida e contou-lhe tudo o que o Sol lhe dissera. Deu a ela, também, os três bocados de comida.

A velha, muito feliz, foi-se embora para casa.

Ao chegar na casa das três moças, cansada, resolveu lá mesmo pernoitar. Logo cedo, vendo o lugar onde as moças urinaram, ela falou:

– É por isso que vocês não se casam. Não devem urinar pro lado onde o Sol nasce, pois ele acha desaforo.

As moças, seguindo o conselho, após alguns dias arranjaram casamento e foram muito felizes.

Continuando a viagem, a velha chega ao pé da grande árvore. Começa a cavar e encontra uma enorme urna com muito dinheiro. Desenterra-a e, logo depois, os frutos aparecem e não acabam mais.

Outra vez partiu e, chegando ao rio, atravessa-o apressada, dizendo-lhe de longe, a resposta que o Sol lhe dera:

– Você não tem peixe porque nunca afundou gente em suas águas!

O rio então, sem perda de tempo, pôs-se a encher, encher tanto que quase matou a velha que saiu correndo estrada afora.

Feitiço desfeito

Finalmente, ela chega em sua casa.

Abre o embrulho que trazia com muito cuidado e põe cada bocado de comida em cima de cada pedra.

Os meninos logo se desencantam e se abraçam felizes aos velhos pais que os criaram.

A cidade em peso comentou o milagre acontecido e o Rei também escutou. Curioso, ele convidou o velho, a velha e os meninos para jantarem no palácio, pois queria conhecê-los.

O casal não quis ir, mas como o Rei ordenara, foram os meninos com a seguinte recomendação da velha:

– Quando vocês chegarem à escadaria do palácio, ponham-se de joelhos e tomem à benção àquela mulher que está lá meio enterrada, porque ela é a mãe de vocês. E, quando forem jantar, não queiram ir para a mesa, enquanto o Rei não mandar desenterrá-la e colocá-la à mesa também.

Ao receberem, cada um, o seu prato de comida, deem a ela. Ela os comerá num instante, pois está com muita fome. Ao verem isso, as duas moças que moram lá e que são suas tias, irão dizer:

– Que barriga de monstro é esta em que nela cabem três pratos de comida de uma só vez!

Assim que elas falarem isso, tirem os seus bonés e digam:

– Não se deve admirar que caibam três pratos de comida, quando couberam três meninos coroados. E mostrem ao Rei suas cabeças.

Dessa forma, tudo se passou.

O Rei ficou muito surpreso e arrependido quando descobriu toda a verdade. Pediu perdão à Rafaela e perguntou aos meninos que castigo queriam dar às duas irmãs. Eles pediram quatro cavalos muito bravos e amarraram as duas em seus rabos, pondo-os a correr pela estrada.

O Rei, muito agradecido, convidou o velho e a velha para morarem com eles no palácio, mas os dois não quiseram. Preferiram continuar morando em sua simples casinha à beira-mar.

Rafaela tornou-se linda novamente e, junto com o Rei e os três meninos, viveu feliz para sempre.

AS ARTES & AS MANHAS DE MALASARTES

Citado por Lindolfo Gomes, **Pedro Malasartes** é um dos "heróis" da nossa literatura popular e sua origem é bastante complexa. O nome é português e bem antigo, mas tomou outro aspecto no Brasil ou até mesmo antes de aqui chegar.

Malasartes é uma das chamadas figuras universais que se transformam de uma região para outra, de uma época para outra; mudam de nome e absorvem temas componentes de outras histórias. Conservam, no entanto, um substrato ideal, uma concepção universal.

As histórias de Malasartes constituem um dos ciclos novelísticos mais curiosos da nossa literatura popular – pela antiguidade de sua origem; pela multiplicidade de temas estranhos; pelo que contém de elaboração nossa; pelo que reflete de várias épocas e várias regiões do nosso país; pelo que encerra de profundamente humano em sua concepção inicial e de profundamente brasileiro nos acréscimos e modificações que nosso povo introduziu.

Uma porta bem velhinha, Pedro Malasartes recebeu, quando seu pai morreu. O que fazer com ela, ele ainda não sabia. Mesmo assim, pôs a porta nas costas e saiu a caminhar.

Encontrou, mais à frente, um bando de urubus a comer um burro morto. Sem pensar, atirou-lhes em cima a porta e pegou um urubu que quebrara a perna.

Pôs novamente a porta nas costas, enfiou o urubu debaixo do braço e, dessa forma estranha, continuou a caminhar.

Andou bem uns três quilômetros quando avistou uma casa soltando fumaça pela chaminé.

– Epa, sinto cheiro de comida! Como estou faminto, é pra lá mesmo que eu vou! – pensou e fez.

Ele bate à porta e quem atende é Josefa, a empregada.

– Por favor, dona moça, estou morrendo de fome. Poderia dar-me um bom prato de comida? – pergunta Malasartes.

Josefa entra e diz à Eulália, a dona da casa, que um vagabundo com uma porta às costas e um urubu debaixo do braço estava a pedir comida.

– Pois diga a ele que nada temos! Minha casa não é pensão de malandros! – responde Eulália, indignada.

Josefa dá a resposta e fecha, com estrondo, a porta da casa.

Mas Malasartes não é bobo. Percebe que, naquela casa, algo estranho se passa.

Encosta a porta na parede e sobe ao telhado de onde tudo observa e tudo escuta.

Descobre que o marido de Eulália está viajando e que, mesmo assim, um banquete elas estão preparando.

– Ora, ora, quanta coisa gostosa! O dono não está e elas aproveitam pra esbanjar!

E, espiando e escutando, Malasartes anota tudo na cachola pra de nada se esquecer.

Mas eis que, justamente na hora da janta, chega o marido sem nenhum aviso.

Eulália, assustada, manda Josefa esconder toda a comida e, fingindo alegria, abraça e beija o marido.

– Oh, meu querido, que ótimo você voltar adiantado! Mas fico chateada, pois nada de bom preparei para o jantar.

E diz à Josefa pra servir a comida: um feijão aguado, carne seca e angu.

Nisto, Malasartes desce do telhado e, novamente, bate à porta. Quem atende é o marido, que o manda entrar e servir-se da pouca comida que havia.

Eulália, desconfiada com a volta de Malasartes, fica nervosa e agitada, andando de lá pra cá.

Assim como quem não quer nada, Pedro senta-se à mesa e prende o urubu com uma fita, debaixo da cadeira.

Vai que vai, conversando com o dono da casa, Malasartes pisa despistado no pé do urubu que logo resmunga alto.

Assusta-se o marido e pergunta o que o bicho tem.

– Nada não, diz o Pedro. São coisas da sua cabeça que ele está a me dizer.

– Mas como?! Então o bicho fala? – estranha o marido.

– Ah, sim – responde Malasartes. Nós nos entendemos. Por isso trago-o sempre comigo. Ele é um bicho mágico, mas muito intrometido.

– Intrometido?? Como assim?

– Bem, agora mesmo ele estava a me dizer que sua mulher recebeu um aviso misterioso da sua chegada e preparou-lhe uma boa surpresa.

– Uma surpresa?! Mas que surpresa?

– Uma gorda leitoa assada que está ali mesmo naquele armário – e Malasartes aponta para o armário no corredor.

– Mas deveras? Ô mulher, é verdade o que o bicho disse?

Eulália, receando ser apanhada em trapalhada e percebendo que Malasartes de tudo sabia, apressou-se a responder:

– Pois então! Não é que o bicho adivinhou! Queria te fazer uma surpresa no final da janta.

E, muito sem jeito, grita pra Josefa trazer a leitoa.

Dali a pouco, Malasartes cutuca de novo o bicho que, outra vez, grita agoniado.

– Que é agora? Não vá me dizer que é outra surpresa – pergunta o marido.

– Sim, é verdade – fala Malasartes. – Ele diz que, no forno, encontra-se um belo peru recheado.

E veio o peru que logo foi devorado enquanto Josefa e Eulália se ardiam de raiva.

Mas não parou por aí. Da mesma maneira, o urubu gemia, e para a mesa vinha tudo mais o que havia: um vinho gostoso, um creme, um pudim. E o esperto do Pedro, de barriga cheia, se ria por dentro, da cara amarrada da dona da casa.

O marido, entusiasmado com as proezas do urubu, quer, de toda forma, comprá-lo. Malasartes, matreiro, viu que poderia ganhar um bom dinheiro e tratou de falar maravilhas do pobre bicho. E, exatamente quando Josefa leva o café na sala, ele diz de propósito para ela ouvir:

– Sabe, seu moço, este bicho é encantado de fato. Ele pode descobrir coisas nesta casa que o senhor nem imagina que aconteçam. Mas, se alguém lhe derramar água na cabeça, é um desastre, pois ele esquece tudo o que viu. Caso o senhor queira experimentar, deixe-o hoje à noite no corredor enquanto dormimos e, amanhã cedo, tudo o que aconteceu, ele nos dirá.

– Pois se é como diz, eu lhe pagarei muito dinheiro! – falou o dono da casa.

Josefa, que ouvia a conversa de orelha em pé, correu a contar para a patroa. Eulália ficou apavorada pois, justo naquela noite, ela receberia, escondida, a visita do sacristão da vila.

– E agora, Josefa, como me saio desta?

– Ô, patroa, não se preocupe! Eu fico de tocaia e, logo mais à noite, eu jogo água na cabeça do bicho. Assim ele não conta nada do que viu.

Cai a noite e cada qual vai pro seu quarto.

O urubu fica preso no corredor, e a coitada da Josefa, escondida, de tocaia, atrás do armário.

Antes da meia-noite, entra, sorrateiro, o sacristão.

Josefa se prepara e desce água na cabeça do urubu que, furioso, grita, esperneia, agarra-lhe o dedo e não o solta mais.

– Ai, ai, ai! Minha Nossa Senhora, me acuda! Ai, ai, ai! – grita de dor a coitada da Josefa.

Eulália sai do quarto apressada. Tem medo que o marido acorde e tenta, desesperada, tirar o bicho, que não sai nem à paulada. E, com tanta zoeira, quem dormia se levanta e todos se encontram no corredor.

O marido, espantado, quer tirar satisfação com o sacristão conquistador; a Eulália não sabe onde esconde a cara e a Josefa berra que berra desesperada.

Enquanto isso, o esperto do Malasartes por dentro se ri da confusão. Sabe que, somente ele, o bicho pode amansar e o dedo da Josefa soltar. E, para isso fazer, ele pede, e recebe, uma gorda sacola com dinheiro.

Nisso, o sacristão de fininho escapole; o marido briga com a mulher, a Josefa cuida do dedo e Malasartes vai saindo, pé ante pé, com a porta nas costas, o urubu debaixo do braço e, na mão, sua sacola cheinha de dinheiro.

ENGANAR A MORTE NÃO É BOA SOLUÇÃO

Ouvida na barra do rio Tocantins, em 1852. Há uma variante ouvida no Ceará e outra na Argentina, aplicada aos animais. Faz parte do **Ciclo da Morte** e, ao contrário do demônio que é sempre vencido, a morte é sempre vencedora. Aceita fazer pactos, como apadrinhar crianças mas, fatalmente, a outra parte paga o preço do contrato e tem que acompanhá-la na jornada sem retorno. É um ciclo universal pelas constantes psicológicas inalteráveis em qualquer literatura oral no mundo. Uma vitória sobre ela é sempre aparente, um simples adiamento rápido, pois a morte é soberana, pairando acima de tudo e de todos na terra.

Naquela noite, após a janta, Simplício sentou-se no sofá e ficou um tempo, um tempão, cabeça baixa, como se olhasse seus pés.

Jacinta, encabulada, também olhou os pés do marido e nada de estranho notou. Sentou-se em frente a Simplício e esperou, mas, depois de um minuto, não aguentou e perguntou:

– Marido meu, por que olha tanto para os seus pés? Por acaso quer uma botina nova? Bateu o dedão numa pedra e ele agora dói? Diga logo que estou ficando aflita com esta cena tão esquisita!

Simplício levantou-se, andou pra cá e pra lá e, afinal, desembuchou:

– Jacinta, minha Jacinta, não sabe como às vezes me sinto gelado por dentro, com um medo incrível daquela que não tem hora e que a todos leva sem nenhuma escapatória.

– Nossa, Simplício, de quem você está falando?

– Da Morte, Jacinta! Da Morte! Há noites que nem durmo pensando nela. Se pelo menos eu a conhecesse, visse a sua cara, talvez assim eu largasse de sentir tanto medo. Quem sabe ela é até simpática, né, com um sorriso bonito, uns dentes branquinhos...

– Epa, epa, Simplício, assim também não, que é exagero! Mas eu acho que estou tendo uma boa ideia para você poder conhecê-la. Que tal se nós a convidássemos para ser madrinha do nosso filho? Desta forma, você poderá dizer a ela do seu medo e pedir-lhe um favor. Sendo sua comadre, madrinha do nosso filho, será difícil ela negar, não é? O que você acha?

– Ô, Jacinta, a ideia é boa mesmo! E eu vou fazer o convite hoje ainda.

Quando deu meia-noite, Simplício, de capa preta, estava na porta do cemitério, gritando:

– Dona Morte! Oh, Dona Morte! Eu, Simplício, e a Jacinta, minha mulher, convidamos a senhora pra madrinha do nosso filho daqui a três dias. Não falte, por favor, que estamos esperando, viu?

No dia marcado, a Morte lá estava, meio encurvada, enrugada, mas até simpática. Depois da festa, dos comes e bebes, Simplício se aproximou e com ela falou:

– Sabe, Comadre, a senhora é muito boa gente, companhia agradável e tudo mais, só que eu queria pedir-lhe que se esquecesse de mim, entende? Que não me viesse buscar quando chegasse a minha hora porque tem tanta gente neste mundo, não é? Uma só não faz falta e assim eu vou ficando por aqui mesmo, vivendo minha vidinha simples e feliz. O que a senhora me diz?

– Ô, Compadre, eu entendo o que o senhor me pede, mas meu trabalho é este. E, quando Deus manda eu vir buscar alguém, eu tenho que obedecer e cumprir a ordem. Mas farei o que puder e, de qualquer maneira, eu dou um jeito de vir avisá-lo uns oito dias antes, pro senhor se preparar, certo?

E a Morte deu boa-noite a todos e se foi.

*

Muitos anos se passaram e, num belo dia, eis que a Morte surge na casa de Simplício e lhe diz:

– Compadre, minha visita não é nada agradável, mas, infelizmente, recebi ordens para vir buscá-lo daqui a oito dias e estou aqui para avisá-lo como prometi.

– Mas não é possível, Comadre! Logo agora que meus negócios estão indo tão bem! Daqui a alguns anos eu seria um homem rico. Por favor, me dê mais um tempo! Leve um outro em meu lugar! – implorou Simplício.

– Meu amigo, sinto muito, mas isso é impossível. Já recebi a ordem e não posso mudá-la agora. Vou ver se consigo mais um tempo, mas não acredito muito, não. Se não tiver sorte, daqui a oito dias estarei aqui para buscá-lo.

A Morte se foi e deixou Simplício agoniado. No oitavo dia, ele já se despedia, triste e aflito, de Jacinta e do filho.

– Oh, Jacinta, minha mulher querida, desta vez acho que não escapo!

Mas, Jacinta, sempre esperta, teve logo outra ideia e, sem mais demora, puseram-se a executá-la.

Havia na casa, um velho homem que trabalhava na cozinha. Jacinta, então, enfiou-lhe a camisa, as calças e a botina de Simplício e mandou-o à cidade passear.

Depois, vestiu o marido com as roupas do velho homem e mandou-o pra cozinha.

Tudo preparado, esperaram.

*

Dali a pouco, batem à porta. Jacinta abre e a Morte entra à procura de Simplício.

– Ah, Comadre – diz Jacinta –, meu marido achou que a senhora não viria mais hoje e foi à cidade tratar de negócios. Agora, só mais à noite é que ele deve voltar.

– Mas que aborrecimento, dona Jacinta! Não pensei que o Simplício me fizesse tal desfeita! Que falta de consideração! E agora??

Nisto, a Morte escuta barulho de panelas na cozinha e pergunta:

– Tem mais alguém nesta casa além da senhora?

Jacinta ficou gelada e branca como o branco da parede. Ela esperava que a Morte fosse logo embora pra cidade atrás do Simplício que não era o Simplício. Com esta ela não contava. Mas, fingindo despreocupação, respondeu:

– Bem... éé... tem só um velho homem que está na cozinha acabando de preparar a janta. Mas escuta, Comadre, por que a senhora não senta um pouco e come aqui mesmo enquanto o Simplício não chega?

– Não, não, dona Jacinta! Obrigada, mas eu não posso me demorar e preciso levar alguém...

Jacinta ficou ainda mais aflita e depressa interrompeu:

– Mas a senhora acaba de chegar! Descanse um pouco. Olha, vou lhe trazer um refresco bem gostoso!...

– Não, não e obrigada mais uma vez, mas preciso trabalhar e tenho que fazer ainda uma grande caminhada.

E a Morte pensou, pensou e continuou:

– Bem, e já que Simplício não chega, levarei comigo outra pessoa. Humm... deixe-me ver... quem sabe?? Poderei levar comigo o velho homem que está na cozinha, pronto!

Ao ouvir tal coisa, Jacinta quase desmaia.

– Ôô, Comadre, espere um pouco mais! Simplício deve estar chegando...

Mas ela não teve tempo de dizer mais nada, pois a Comadre já estava na cozinha e, antes que Jacinta pudesse abrir a boca mais uma vez, a Morte estendeu seu braço e o velho homem – Simplício disfarçado – caiu morto no chão.

Jacinta, em prantos, ainda vê chegar o velho homem verdadeiro, que lhe diz:

– Dona Jacinta, me desculpa, mas eu voltei pra casa, pois estou cansado de andar pela cidade com estas botinas do Simplício machucando meus pés, viu?

E assim, a boa ideia de Jacinta,
desta vez, não deu em nada.
Quiseram enganar a Morte, mas
por ela acabaram enganados,
pois quando a hora é chegada
ninguém, ninguém mesmo,
dela escapa, nem o Compadre Simplício
de homem velho vestido.

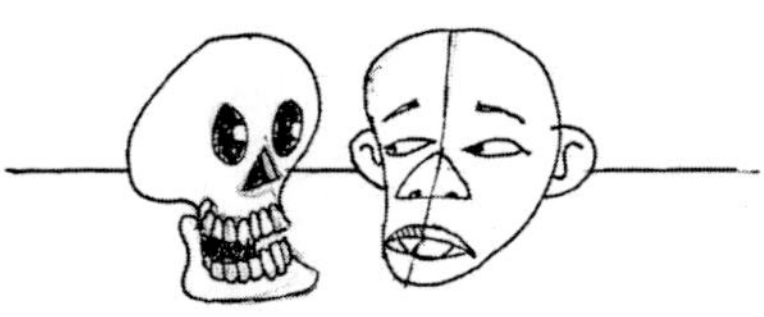

SOBRE ESTE LIVRO

"A fantasia e a imaginação são essenciais à mente humana."
(Nelly N. Coelho)

Acreditamos na importância do livro e da leitura na vida de crianças, jovens e adultos: o livro, como um objeto de arte, ponte entre o autor e o leitor; e a leitura, como uma atividade prazerosa, lúdica. Com as informações aqui reunidas, pretendemos ajudar o leitor a explorar esses recursos, ampliando o seu olhar e enriquecendo as atividades que porventura queira realizar com seus filhos ou alunos.

> **"... alguns indivíduos fazem profissão de contar histórias e andam de lugar em lugar recitando contos."**
> (Alberto Ellis)

A **literatura oral** integra o folclore e abrange a criação literária popular em todas as suas variáveis: mitos, contos (de encantamento, de animais, os cômicos ou jocosos – as facécias –, os etiológicos – para explicar e dar razão de ser de um aspecto, propriedade e caráter de qualquer ente natural –, os religiosos e os acumulativos), além dos casos, das anedotas, provérbios, adivinhas e lendas, entre muitos outros.

Todos os povos, de todas as raças, possuem esse conjunto de tradições que é transmitido oralmente – embora não se exclua a escrita, como o cordel – e que é aceito e preservado pela coletividade. E tradição não significa somente algo do passado, arcaico, morto: ao contrário, a tradição seria justamente o fio, o elo dinâmico e aberto a modificações entre o passado, o presente e o futuro, podendo abordar fatos da atualidade e novas expressões populares resultantes das transformações sociais ocorridas nas comunidades.

Foi esse, pois, o olhar que lançamos e que nos permitiu revisitar e reescrever os contos da presente obra. Conservamos o substrato, a essência, e acrescentamos dados da atualidade.

Podemos observar que, em geral, aquele que volta às suas "raízes" é capaz de avançar mais no conhecimento de si próprio e em sua criação e atuação na sociedade. Por isso, é importante ressaltar o papel da literatura oral na preservação de nossa memória coletiva, na transmissão de nossos valores culturais, oriundos das três correntes formadoras de nossa nacionalidade: a europeia, a africana e a indígena. Ao entrar nessa "corrente", também estaremos contribuindo para a valorização de nossa cultura e, consequentemente, para o fortalecimento de nossa identidade e de nossa cidadania.

Critérios adotados para a seleção dos contos

A literatura oral no Brasil é rica em contrastes regionais e semelhanças ou similaridades universais. O que à primeira vista poderia parecer contraditório é, na verdade, fruto da formação étnica e cultural do povo brasileiro. Assim, procuramos selecionar contos de várias partes do país e que fossem também representativos das diversas etnias presentes em sua formação. Desse modo, pretendemos apresentar a diversidade regional, mas com características nacionais e mesmo universais, já que a literatura oral permite essa mesclagem em sua origem e nos seus acréscimos. Também nos preocupamos em selecionar diversos tipos de contos: de terror, cômico, etiológico, do ciclo da morte, de encantamento e de animais (o boi, também do ciclo do gado), entre outros. Neles podemos observar sentimentos comuns ao ser humano, presentes no inconsciente coletivo, como o medo em geral – do desconhecido, de monstros – e o medo em particular – da morte –, a ironia, a gozação, o humor, a malandragem, a fantasia, o maravilhoso. Assim, por exemplo, nos textos sobre a cabeça/caveira são apresentados três aspectos: o cômico, o trágico e o poético (etiológico).

Contos mutantes

Por onde passam, as lendas, os contos, os mitos e as "falas" recebem acréscimos e se entrelaçam como os fios trançados de uma rede. Essa é uma das possibilidades e características mais marcantes da literatura oral, como uma história de família que vai se transformando ao ser recontada a cada nova geração. É um processo contínuo, impulsionado em parte pelas variáveis do contexto em que os contos são gerados e reproduzidos. O espaço geográfico, o momento histórico, os costumes e a cultura de uma região, e os personagens, atores ou contadores que as transmitem e vivenciam, constituem alguns dos "indicadores" mutantes. Em sua maioria, permitem-nos, de fato, uma reconstrução, uma revisita à história de cada época e de cada sociedade.

"... O mito e a história caminham juntos e, em última análise, um

explica o outro: o mito (construído pela imaginação, pela intuição do homem) responde pela zona obscura e enigmática do mundo e da condição humana; a história (construída pela razão) responde pela parte clara, apreensível e mensurável, pelo pensamento lógico."
(Nelly N. Coelho)

Mantivemos o núcleo central da história, suas características próprias relativas ao mundo que representam, sua estrutura linguística geral, e a reescrevemos, em maior ou menor escala, com elementos mais atualizados, buscando também aproveitar o que a história nos oferecia em dramaticidade, em poesia. Na história do Mão-Pelada, além de reescrever o texto, elaboramos um outro ("Procurando assombração"), experimentando trazer o passado para o presente por meio de personagens atuais – os meninos Beto e Justino. Criamos, assim, um texto dentro de outro, ou histórias paralelas num mesmo trabalho, recurso que pode ser desenvolvido pelo próprio leitor com outros textos.

"O mito surge do fundo dos tempos como o primeiro ancestral das formas narrativas, ou talvez a primeira forma de comunicação humana..."
(Nelly N. Coelho)

Algumas observações e reflexões sobre os contos da obra

A simbologia dos contos chama a atenção pela profundidade, em alguns casos, e por aquilo que denominamos sabedoria popular, ao expressar os sentimentos e emoções presentes no inconsciente coletivo. O que pude perceber nos contos como escritora e leitora sem dúvida será acrescido dos próprios achados de cada leitor.

"Os negros, reunidos em multidão, deram cor aos seres fabulosos que se confundiam com a noite. Embora os mitos gerais de origem europeia predominem, a influência negra é muito mais sensível. No entanto, não positivou a criação de um ser sobrenatural, exceto alguns do ciclo da angústia infantil."
(Câmara Cascudo)

- Em **O Mão-Pelada –** mito folclórico de origem africana – encontramos a maldade pela maldade em si mesma, o terror, a destruição, o assassinato pelo simples prazer de matar. Um mito atravessa o tempo e é recontado por várias gerações – e é essa também a proposta do texto: inserir o presente no passado, ou vice-versa.

No texto, Beto se propõe a enfrentar as "assombrações", o mito, com certo desprezo pelo medo sentido por seus ancestrais. No desenrolar da ação, o medo vai crescendo até se tornar tão forte que se materializa num ser real aterrorizante.

O ser gerado pelo medo é anômalo, diverso do normal, não comum. Tem uma deficiência física, moral ou psíquica e vive "do outro lado da ponte", uma clara fronteira entre dois mundos opostos – o do Bem e do Mal.

O equilíbrio moral é conseguido com a amizade e solidariedade entre João Congo e Quindanda, e entre Beto e Justino, sendo Quindanda e Justino os salvadores, que resgatam João Congo e Beto do poder da fera.

No limiar entre a vida e a morte, João Congo e Beto se mantêm ligados ao mundo dos vivos por um vínculo frágil (um cipó, no caso de João Congo; uma arvorezinha, no caso de Beto). Embaixo, o precipício, que exerce uma forte atração.

Pode-se imaginar o Mão-Pelada como o Mal que habita as profundezas da alma humana (o precipício) e que é mantido sob controle, escondido. Teria a natureza humana uma face tão perversa que não poderia sequer ser encarada? Quem ousa admitir seus próprios impulsos malignos?

• Em **A cabeça falante**, de origem africana, depreende-se que, ao falar em demasia, ao ser mais receptivo, capaz de sintonizar-se com as "forças" da natureza, dos objetos e do mundo que o cerca, o homem pode "perder a cabeça, o juízo", ou seja, pode ser considerado louco pela sociedade, que tem suas normas e valores. A expressão popular "fulano perdeu a cabeça" corresponde em muito ao medo quase inconsciente de que, de fato, perca-se a cabeça, símbolo aqui do pensamento, da razão lógica.

Outro aspecto que pode ser discutido é que a compreensão de um mesmo fato pode ser bem diferente entre pessoas que não se encontram no mesmo nível de percepção e entendimento. É o que costuma acontecer na esfera da religião, da ciência e da política, por exemplo. Muitos já foram queimados na fogueira (como as "bruxas" de antigamente), enforcados ou guilhotinados ou crucificados, ou serviram de comida aos leões, e, assim, perderam a cabeça, nesses casos concretamente, pela morte física, por causa de suas ideias.

• **A história de Tonhão, Miguelito e a caveira** usa a comicidade para criticar a ambição, o desejo de posse material a qualquer preço – trapaceando como Miguelito ou enfrentando o medo como Tonhão. A forma cômica de abordar o medo da morte (simbolizada pela caveira, pelo cemitério) converte o medo no desejo de superá-lo. A morte não é levada a sério, tornando-se assim uma ameaça menos terrível; os fantasmas internos se materializam, e o medo pode ser discutido.

• O conto **Jauá, boi encantado** mostra a forte relação entre a água e a vida. O jovem se fascina com o fluir das águas, berço de mistérios e de belezas ocultas. O clima é de desafio, coragem, descobertas –

daí o encantamento que as águas exercem em Jerônimo. O mito está presente no alerta da mãe, prevenindo o menino contra a Mãe-d'Água, que leva as pessoas para o fundo do rio. A Mãe-d'Água, também com outras denominações – Cobra D'Água, Iara, Sereia do Mar, Urutau, Cobra Encantada –, é o mito universal da sereia que seduz os humanos; enfeitiçados por sua beleza, acabam morrendo afogados.

A pedra, como um ovo, muito comum em outros contos e lendas, gera a vida na água, com toda a força do mistério que envolve o nascimento de um novo ser.

Além do plano mitológico, há as figuras que representam personagens cotidianos: o coronel, autoridade maior na região, que manda e desmanda, e o vaqueiro corajoso, invencível, valente; e a paisagem da seca, na qual apenas das águas poderão vir todas as respostas e todas as soluções.

Ao final, vence o boi mítico, com poderes milagrosos, capaz de fazer a água jorrar sem parar no sertão.

O boi ocupa um lugar de destaque no folclore brasileiro: o boi-bumbá, no Pará; o bumba meu boi, no Maranhão; o boi de mamão ou boi-melão, no Sul; boizinho, em certas áreas do Nordeste. Em Minas Gerais, há o boi da manta, reis do boi, boi-balaio, boi-janeiro, boi-moreno.

• O simbolismo se aprofunda em **Lua-cabeça sobe ao céu em linha de carretel**. Nesse caso, além de ser uma cabeça pensante e falante, ela é associada à lua, símbolo do inconsciente, da fantasia, das alucinações e sonhos – e, ainda, das mudanças e transformações, como as próprias fases da lua.

Interessante notar que são três os homens que a encontram, sendo o número três o símbolo da criatividade, do nascimento de um novo ser, situação ou ideia. A cabeça se "transforma" em lua, subindo ao céu, justamente auxiliada por dois fios – os outros dois elementos da tríade.

O inconsciente, lado oculto do nosso ser que, embora se queira manter escondido, aflora em vários momentos, está representado pela cabeça guardada no saco branco. A alusão é clara: a cabeça ressurge a todo momento, mesmo presa sob um envoltório aparentemente inviolável; também o homem constrói proteções que julga seguras – valores, papéis sociais, compromissos –, mas de alguma forma seu inconsciente "escapa": uma palavra que sai "sem querer", uma doença repentina antes de um compromisso importante, uma reação violenta na hora errada. A alternativa é a transformação: a cabeça sobe da terra (do concreto) ao céu (abstrato), auxiliada por uma força invisível (São Pedro), e se transmuta em lua distante mas presente. É o inconsciente que se transforma, que nunca aparece com sua verdadeira face e por isso precisa ser desvendado. A doença repentina, por exemplo, pode ser o desejo de estar em outro lugar.

"O maravilhoso sempre foi e continua sendo um dos elementos mais importantes na literatura des-

tinada às crianças. [...] o simbolismo implícito nas tramas e personagens vai agir em seu inconsciente e, ali atuando, as ajuda, pouco a pouco, a resolver seus conflitos interiores normais."
(Nelly N. Coelho)

• No conto de encantamento **Meninos com coroas nos cabelos**, encontramos a rivalidade entre as três irmãs. Como em tantos outros contos, as irmãs invejosas maltratam e procuram eliminar a escolhida, em geral a mais nova, sempre boa e bonita, mas ingênua. O número três se repete em várias passagens: são três as irmãs, três os meninos e três as perguntas que o Sol deve responder antes de dar a solução para o problema das crianças. É um número carregado de simbolismo: Pai, Filho e Espírito Santo (a Santíssima Trindade) ou os três aspectos da mente – o id, o ego e o superego –, segundo a psicanálise.

No conto tradicional, o herói é recompensado. A velha e o pescador salvam as crianças, que passam a morar no palácio, e Rafaela volta a viver com o rei. As duas irmãs maldosas são punidas, e assim o leitor se conforta: o Bem vence o Mal – necessidade de justiça.

Outros aspectos que podem enriquecer a leitura são: a valorização da sabedoria ancestral (a heroína é a velha, com seus poderes); da fecundidade (os filhos da rainha, os peixes do rio, os frutos da árvore), simbolizando o elemento novo provocador de mudanças, de novas situações.

• O conto **As artes e as manhas de Malasartes** retrata a malandragem e a esperteza na figura do cínico herói de histórias populares Pedro Malasartes.

A inusitada herança do pai – a porta – pode significar entrada, abertura para o desconhecido, estímulo à criatividade. Com ela Malasartes captura um urubu, símbolo do mau agouro, que usa para desmascarar uma esposa infiel e, ainda, ganhar um bom dinheiro.

Para Nelly. N. Coelho, "figura das mais populares nas narrativas de origem ibérica, Pedro Malasartes torna-se uma espécie de personagem-símbolo do homem-povo medieval. Verdadeiro 'herói sem caráter', Malasartes é sempre o burlão incorrigível e invencível, o sem-escrúpulos que zomba de tudo e de todos que tentem cercear-lhe a vontade. O Malasartes que pertence ao nosso folclore, integra-se na essência de nossa literatura popular e se torna presença significativa na literatura infantil, tendo gerado talvez a maior quantidade de narrativas e episódios dentro da literatura popular".

Para o poeta Elias José, assim o anti-herói se apresenta em sua obra, *Cantos de encantamento*: "Pedro Malasartes / seus males espanta / quando espanta, / com suas artes, / os maus e males do mundo".

• Costuma-se dizer que o homem só tem duas certezas: a do seu nascimento e a da sua morte. Saber, porém, não significa controlar, e é esse o tema do conto **Enganar a morte não é boa solução.** A consciência que o ser humano tem de sua condição mortal provoca tal sensação de impotência, que ele tenta burlar o tempo de todas as maneiras, mas sempre acaba vencido.

Nos contos populares, esse conflito se personifica na figura da Morte, que sempre cumpre sua missão. Nesse conto há ainda outro aspecto: o desejo de conhecer a morte para saber se ela é assim tão terrível. O medo maior, percebe-se, é o do desconhecido. E não deixa de ser simbólico que a Morte tenha sido convidada justamente para ser madrinha de uma criança, pois o batismo representa o renascimento espiritual. Poderia-se interpretar a atitude como uma tentativa de anular a Morte com a vida, reforçando a proximidade desses dois opostos; ou uma demonstração de que o filho representa a continuidade, o ciclo que não se rompe com a morte do pai.

> **"Fundamentalmente, os contos populares veiculam narrativas do 'imaginário tradicional' [...]. Vale salientar que, no Nordeste brasileiro, onde ainda permanece viva, a 'literatura de cordel' guarda estreitas relações com esse imaginário. Têm sido recontados/recriados poeticamente, [...] além de inúmeras histórias maravilhosas, vários contos já consagrados como 'O gato de botas', 'Branca de Neve' e outros, além dos tradicionais relatos das espertezas de anti-heróis como Pedro Malasartes e João Grilo."**
> (Maria do Socorro Aragão *et al.*)

Dinamizando o conhecimento e vivenciando novas experiências

Algumas atividades podem ser desenvolvidas com os alunos isoladamente ou como parte de um projeto mais amplo, inter-relacionando as diversas disciplinas:

• **Histórias familiares**: pesquisar entre os familiares (bisavós, avós, tios) as histórias da própria família, principalmente as não oficiais (de onde vieram, por quê, seus costumes, casos pitorescos, casos "macabros"). Para isso, os alunos poderão montar um roteiro de entrevista e identificar cada entrevistado (nome, parentesco, data e local de nascimento). Uma variável seria pesquisar, entre os familiares, suas brincadeiras, cantos, anedotas, casos amorosos, danças e músicas. Além da riqueza do conteúdo, pode-se procurar observar as variáveis de pessoa para pessoa, ou seja, o que se vivencia, escuta, nem sempre é o que se reproduz fielmente.

• **Histórias da comunidade**: pesquisar, numa visão mais abrangente, a literatura oral ou a história oral da comunidade em que os alunos vivem.

• Reconstruir, por meio de objetos antigos, a **história de uma família ou de uma comunidade, ou sua própria história individual**. O produto desse trabalho seria exposto na escola ou na sala de aula e aberto à troca de informações e experiências, podendo originar também textos escritos.

• **Reconstrução de um fato político**: pesquisar em revistas e jornais e conversar com adultos sobre as várias histórias ou versões apresentadas para um mesmo fato: o fato objetivo e o subjetivo – a conotação e a denotação na linguagem.

• Perceber a relação entre o conto e a **história** e a **geografia** do local em que é produzida e se reproduz oralmente; em que uma influencia a outra.

• Perceber a verticalidade e a interdisciplinaridade dos temas: a **literatura** (prosa e poesia), a **geografia** (o espaço geográfico), a **física** (noção de tempo), a **química** (mistura de elementos mágicos – a alquimia), as **artes** (as representações simbólicas de cada sociedade) e a **língua**, suas várias interpretações e conotações nas comunidades em que foram criadas.

• Promover e incentivar **a representação dramática, musical e corporal**, incluindo algumas das modalidades possíveis sugeridas pelas histórias. No conto **Jauá, boi encantado**, por exemplo, poderia-se fazer o estudo e a representação das várias manifestações folclóricas relativas ao boi, como o bumba meu boi e o boi de mamão.

• Leitura, discussão e criação de **livretos de cordel**; o estudo da estrutura formal da literatura de cordel; o processo artesanal de sua confecção; as regiões em que é feita; sua linguagem típica e seu ritmo próprio; e os temas abordados.

• Observação de **festas e outras atividades tradicionais da região**, para relato – oral ou escrito – e exposições com fotos e legendas.

• Em colaboração com os professores de artes, música e educação física, organizar exposições sobre **brinquedos artesanais** e apresentações de **brincadeiras antigas** (bodoque ou estilingue, bentes-alta, queimada, chicotinho-queimado, por exemplo), **cantigas de roda dramatizadas** e **quadrilhas**.

• **Contadores de histórias**: grupos pequenos e diversos escolhem uma história ou inventam uma, e depois a contam para a classe.

• Detectar nas histórias apresentadas os **elementos atuais** que foram acrescentados pela autora.

• Discutir em classe alguns dos diversos **temas abordados nos contos**, como folclore, mitos, amizade, solidariedade, esperteza, autoritarismo, responsabilidade, morte e os vários medos que temos. Os alunos podem fazer colagens sobre o tema (textos, palavras e ilustrações de revistas e jornais); entrevistas, debates, histórias em quadrinhos ou poemas entre diversas outras possibilidades.

• Fazer um painel ou um álbum de si mesmos, com fotos, frases, ilustrações, características de sua personalidade, gostos e preferências ou o mesmo painel sobre outra pessoa – o pai, a avó, o barbeiro da esquina, o dono do bar ou do açougue.

> **"Muita gente continua com a ideia de que folclore é alguma coisa longínqua, que é preciso ir buscá-lo em algum local distante e encontrar certas pessoas que 'fazem folclore'. É bom relembrar que todas as pessoas, em menor ou maior escala, são portadoras de folclore. Essa é a razão de se começar indicando, como fonte de trabalho, as casas e as famílias dos alunos/leitores e, depois, as vizinhanças, os bairros e as regiões. Assim, eles irão aprendendo a ver os aspectos da cultura espontânea à sua volta, dentro das suas existências diárias."**
> (Wilson R. de Moraes)

• Observar e montar um painel com frases de para-choques de caminhão, mencionando os locais de origem (cidade ou estado). Perceber as diferenças quanto à linguagem; as crenças; os costumes. Pode-se também fazer um jogral (texto falado em grupo) usando os vários dizeres.

> **"Os indígenas constituem comunidades ágrafas (que não têm escrita). Para resguardar seus valores, transmitem-nos oralmente, de geração em geração, através de histórias. As lendas e os mitos procuram explicar a origem dos elementos mais significativos para esses grupos sociais, que vivem em contato direto com a natureza e atribuem a ela explicações baseadas num pensamento mágico e metafórico, ou seja, não se fundamentam na objetividade da lógica científica, mas sim na da associação de ideias."**
> (Eliana Yunes)

REFERÊNCIAS BIBLIOGRÁFICAS

ANTOLOGIA *ilustrada do folclore brasileiro*. São Paulo: Edigraf, [197-].

COELHO, Nelly Novaes. *O ensino da literatura*. Rio de Janeiro: José Olympio, 1975.

COELHO, Nelly Novaes. *A literatura infantil*. São Paulo: Quíron, 1982.

ARAÚJO, Alceu Maynard. *Cultura popular brasileira*. São Paulo: Melhoramentos, 1973.

CÂMARA CASCUDO, L. *Geografia dos mitos brasileiros*. Rio de Janeiro: José Olympio, 1976.

CÂMARA CASCUDO, L. *Literatura oral no Brasil*. Rio de Janeiro: José Olympio, 1978.

BIBLIOGRAFIA RECOMENDADA

Literatura infantil e juvenil

ARRABAL, José. *O curumim dourado*. São Paulo: FTD, 1988.
Reconto de uma lenda indígena segundo a qual o curumim dourado nasceria de uma noite de amor entre a velha Matiminó e o boto-branco, deus Rudá.

AZEVEDO, Ricardo. *A moça, o gigante e o moço*. São Paulo: Nobel, 1994.
Versão a partir da história *A princesa e o gigante*, recolhida por Câmara Cascudo.

BARBOSA, Rogério Andrade. *Viva o boi-bumbá*. Rio de Janeiro: Agir, 1996.
Reconto da história mítica do boi que foi ressuscitado graças à interferência mágica de um pajé. Resgata a tradição oral e a mitologia indígena.

CASTANHA, Marilda. *Pindorama – terra das palmeiras*. Belo Horizonte: Formato, 1999.
Texto informativo que traça um quadro do mundo mítico e mágico dos índios brasileiros, numa visão abrangente que mostra aspectos do passado (o "Brasil" de antes do descobrimento, "Pindorama") e do presente.

COSTA, Marco Túlio. *O rei que ria*. Belo Horizonte: Formato, 1999.
História divertida de aventuras de Juca Malazarte, tão esperto quanto o pai, Pedro Malazarte.

FERREIRA, João Geraldo Pinto. *Pena Quebrada – o indiozinho*. Belo Horizonte: Formato, 1999.
Narrativa poética do drama interno do herói Pena Quebrada, que parte para a floresta em busca de sua libertação.

GRUPIONI, Luis Donisete Benzi. *Juntos na aldeia*. São Paulo: Berlendis & Vertecchia, 1997.

Histórias sobre quatro povos indígenas, retratando situações cotidianas e rituais vividos por crianças ou jovens indígenas.

JOSÉ, Elias. *Cantos de encantamento*. Belo Horizonte: Formato, 1996.

Recontos de fábulas e lendas em forma poética, incluindo o Saci, o Curupira, Iemanjá e Pedro Malasartes.

LAGO, Ângela. *De Morte!* Belo Horizonte: RHJ, 1992.

Reconto do folclore cristão.

LAGO, Ângela. *Charadas macabras*. Belo Horizonte: Formato, 1994.

Fascinante brincadeira na linha do *nonsense* (quebra do sentido lógico): o narrador, numa fala estruturada sobre charadas, conversa com o leitor sobre a leitura, instiga-o, num clima intrigante de suspense, com leves pitadas de terror.

Mitos

CÂMARA CASCUDO, L. *Geografia dos mitos brasileiros*. Rio de Janeiro: José Olympio, 1976.

NEIVA, Lia. *Entre deuses e monstros*. Rio de Janeiro: Nova Fronteira, 1990.

RAGACHE, Giles. *A Europa: mitos e lendas*. Trad. Ana Maria Machado. São Paulo: Ática, 1996.

XAVIER, Marcelo. *Mitos: o folclore do mestre André*. Belo Horizonte: Formato, 1997.

PATRIOTA, Margarida. *Olhando a terra arregalado – contos do índio brasileiro*. São Paulo: Atual, 1994.

JARDIM, Luis. *O boi Aruá*. Rio de Janeiro: José Olympio, 1975.

Teoria

ARAGÃO, Maria do Socorro et al. "O conto popular na Paraíba: um estudo linguístico-gramatical". *Leitura: Teoria & Prática*. Campinas, s. ed., v.13, n.24, dez. 1994.

ARROYO, Leonardo. *Literatura infantil brasileira*. São Paulo: Melhoramentos, 1968.

BETTELHEIM, Bruno. *A psicanálise dos contos de fadas*. 2.ed. Rio de Janeiro: Paz e Terra, 1979.

CAMARGO, Nara Pereira de. "Usos da forma de literatura de cordel". *UMA Questão Editorial*. São Paulo, s. ed., v.1, n.1, jun. 1978.

COELHO, Nelly Novaes. *O ensino da literatura*. Rio de Janeiro: José Olympio, 1975.

COELHO, Nelly Novaes. *A literatura infantil*. Rio de Janeiro: Quíron, 1982.

FOLHINHA. "Brincando de boi na floresta". São Paulo: *Folha de S. Paulo*, 21 jun. 1997.

MARTINS, Saul. *Folclore em Minas Gerais*. Belo Horizonte: UFMG, 1991.

MORAES, Wilson Rodrigues de. *Folclore básico; orientação para trabalhos escolares*. São Paulo: Secretaria de Esporte e Educação, 1974.

PELLEGRINI FILHO, Américo (org.) *Antologia de folclore brasileiro*. São Paulo: Edart, 1982.

REZENDE, Vânia Maria. "Leitura e interdisciplinaridade na escola". *Leitura: Teoria & Prática*. Campinas, s. ed., v.2, n.2, out. 1983.

YUNES, Eliana e PONDÉ, Glória. *Leitura e leituras da literatura infantil*. São Paulo: FTD, 1988.

A autora

Márcia Batista nasceu em Belo Horizonte, à época dos bondes, das ruas tranquilas. Desde cedo, encantou-se com os livros: o cheiro bom do papel novinho, as ilustrações, as histórias, o domínio (ou maestria) da palavra pelos diversos autores – brasileiros e estrangeiros. Acabou trabalhando em livrarias por muitos anos e se formando em Biblioteconomia, profissão que pouco exerceu. Sobre seu trabalho, Márcia conta:

"Escrever, para mim, é ato de muita responsabilidade e envolve um compromisso: ser fiel à 'verdade' do texto, da palavra, e ao meu ritmo interno, integrando-os num único respirar, acrescido do terceiro elemento – o leitor, elo fundamental dessa corrente.

Alegria é o reconhecimento que vem do público, dos prêmios recebidos e da crítica, demonstrado na inclusão de minhas obras em vários programas de leitura por este Brasil afora. Entre eles, cito alguns: *A caixa do menino* e *Uma ponte, um rio: o Pedro e o Zezinho* (ambos da Scipione); *Me escuta, tá, mãe?* (RHJ); *Trem bom é coisa boa* (Mazza/Vereda Edições) e *Corujices* (Formato).

Em *Procurando assombração e outras histórias*, resgato partes importantes do meu ser andarilho e folclorista por meio da literatura oral de nossos antepassados (ou ancestrais) literários. Reescrever as 'falas' foi como retraçar meu próprio mapa interno e encontrar-me, de perto, com minhas raízes. Para completar, ter como ilustrador o Álvaro Apocalypse, artista que admiro de longo tempo, é motivo de orgulho e de grande satisfação."

O ilustrador

Álvaro Brandão Apocalypse nasceu em Ouro Fino, sul de Minas, em 1937. Em 1953, mudou-se para Belo Horizonte para completar seus estudos. Em 1960, formou-se em Direito pela UFMG; na mesma época, fez o curso de Artes Plásticas na Escola Guignard.

Em 1969, tornou-se professor do curso de Belas Artes da Escola de Arquitetura, hoje Escola de Belas Artes da UFMG.

Em 1970, fundou, com outros artistas, o famoso Grupo Giramundo de Teatro de Marionetes, reconhecido internacionalmente.

No ano 2000, colocou no bairro da Lagoinha, em Belo Horizonte, sua tríplice escultura *Peixes* e 22 protetores de árvores construídos em chapas de ferro pintadas. Em 1º de maio do mesmo ano, estreou o programa *Giramundo Giragerais* – série de três espetáculos lúdicos e bem-humorados que visam à conscientização da classe operária para diversos aspectos da cidadania.

A formação de Álvaro Apocalypse inclui cursos de museologia, serigrafia, litografia, publicidade, gravura em metal, didática, composição, Sociologia da Arte, História da Arte Barroca, História do Desenho e outros.

Para ele, ilustrar *Procurando assombração e outras histórias* foi muito prazeroso, "não é daqueles textos chatos que fazem para criança", diz. Trabalhou com tons fortes e contrastados, e conta, brincando, que se inspirou no gosto do neto, que adora caveiras, mistérios e assombrações...

FICHA CATALOGRÁFICA

Dados Internacionais de Catalogação na Publicação (CIP)
(Câmara Brasileira do Livro, SP, Brasil)

Batista, Márcia
Procurando assombração e outras histórias :
recontos livres de literatura oral brasileira /
Márcia Batista ; ilustração Álvaro Apocalypse. – 5ª ed.
– São Paulo : Formato Editorial, 2009. –

ISBN 978-85-7208-286-0

1. Contos de assombração – Literatura
infantojuvenil I. Apocalypse, Álvaro. II. Título.

CDD-028.5

Índices para catálogo sistemático:
1. Contos de assombração : Literatura infantil 028.5
2. Contos de assombração : Literatura infantojuvenil 028.5

3ª tiragem, 2018

PROCURANDO ASSOMBRAÇÃO e outras histórias

Diretoria Editorial
SONIA JUNQUEIRA
Assistência editorial
ANA ELISA RIBEIRO
JAKELINE LINS
LUCAS SANTOS JUNQUEIRA
Editoria de Arte
NORMA SOFIA
Assistência de arte
CRISTIANE LINHARES
Editoração Eletrônica
FABRÍCIO J. CARDOSO CUNHA
MÁRCIO CLEMENTE RIBEIRO
Produção Gráfica
PAULO ROBERTO DE AQUINO

Projeto Gráfico
NORMA SOFIA
Preparação de Texto
LUIZ PRAZERES
MARGARET PRESSER
Revisão Final
ANTICQUA EDITORIAL
Impressão e Acabamento:
GRÁFICA BUENO TEIXEIRA

Direitos reservados à
SARAIVA Educação S.A.
Avenida das Nações Unidas, 7.221 — Pinheiros
CEP 05425-902 — São Paulo — SP
www.editorasaraiva.com.br
Tel.: (0xx11) 4003-3061
atendimento@aticascipione.com.br

CL: 810889
CAE: 602213